라비우와 링과

라비우와 링과

김서해

위즈덤하우스

차례

* 외래어 표기는 국립국어원 외래어표기법에 따랐으나 입
말로 굳어진 경우 일부 예외로 두었다.

신발장 모퉁이에 캐리어를 세워둔 채 방 안을 둘러보았다. 양쪽에 똑같은 책상, 침대, 옷장이 하나씩 서로 마주 보도록 배치된 단조롭기 짝이 없는 큐브형 방의 오른쪽 절반을 박스들이 꽉 채우고 있었다. 이게 기숙사인지, 물류 창고인지 도무지 알 수가 없었다. 나는 매트리스 위에 놓인 우체국 5호 규격쯤 되는 박스 세 개와 바닥에 있는 작은 박스 대여섯 개를 수차례 번갈아 보다가 까치걸음으로 책상 앞까지 다가갔다. 내

방인데도 도둑질을 하고 도망가는 사람처럼
살금살금 걸어야 했다.

책상 위에는 사감 선생님이 오전 내내
모든 방을 들락거리며 붙이고 다녔을
이름표가 있었다. 그것을 떼려고 손을 뻗다가
주황색 포스트잇을 하나 발견했다. 쪽지는
책상 끝에 간신히 붙어 팔랑거리고 있었다.

일본 여행 갔다 올게요. 돌아와서 정리!

얼굴도 모르는 여자가 남긴 메모를
뚫어지게 보았다. 미취학 아동이 획의 순서를
전부 무시하고 쓴 것만 같은 글씨체였고,
나는 개판이네, 엉망이네, 쑥대밭이네 똑같은
뜻을 말만 바꿔가며 중얼거리다가 휙 뒤돌아
신발장으로 돌아갔다. 그러니까, 내가 방에
도착했을 때는 룸메이트가 여기저기 박스를

쌓아두고 여행을 떠난 후였다.

　나는 남의 물건을 조금도 건드리고 싶지 않아서 몸을 잔뜩 구부려 캐리어를 양손으로 잡고 공중으로 들어 올렸다. 캐리어에는 3년간 본가에 돌아가지 않은 내가 버리지 않은 모든 물건이 들어 있었고, 그래서 두어 번 휘청거리지 않으면 들 수조차 없었다. 그 캐리어는 곧 내 집이었다. 몇 달에 한 번씩 거처를 옮겨야 하는 내게 집은 공간이 아니다. 다만 가진 것의 집합일 뿐.

　박스가 쌓인 방에는 애초에 내 거대한 가방을 끌거나 밀어서 옮길 수 있는 틈이 없었고, 특히 바닥에는 도저히 자리가 없어서 책상 위에 캐리어를 올려두고 펼쳤다. 옷과 생필품을 닥치는 대로 꺼내 대충 알맞은 자리에 수납하고, 휴지에 물을 묻혀 캐리어 바퀴와 먼지가 떨어진

곳을 박박 문질렀다. 캐리어를 비운 뒤에는
복도에 덩그러니 엎어져 있던 침구 가방을
가져왔다. 찢어버리기라도 할 것처럼 지퍼를
열어젖혔다.

　침대에 시트를 씌우고 이불과 베개를
정돈하고 각종 서랍에 물건을 남김없이
처넣은 뒤에도 방바닥에 짐을 풀지 못한
것이 억울해서 의자에 구부정하게 앉아
룸메이트의 박스들을 노려봤다. 똑같은 돈을
내고 사용하는 방인데 멋대로 할 수 없다는
게 부당하다고 생각했다. 내 구역을 침범하는
짐은 없었지만, 조금만 바삐 걸어도 헐겁게
늘어진 투명 박스 테이프가 다리에 스치기
일쑤여서 마음에 들지 않았다. 건든 티가
나지 않도록 몰래 발로 조금씩 밀어보아도
박스들끼리 서로 더욱 밀착될뿐더러 오히려
어딘가에 비껴 있던 옷걸이와 가방끈이

튀어나와서 방이 절대로 단정해지지 않는다는 점도 신경 쓰였다. 나보다 일찍 도착했다는 이유로, 방학이 되자마자 해외여행을 가야 한다는 이유로 함께 쓰는 방을 이렇게 어수선하게 방치해두고 떠나도 돼? 나는 고작 박스 때문에 화가 났다는 사실을 인정하고 싶지 않아서 마음속으로 누군지도 모르는 룸메이트를 욕했다. 그 사람이 무책임하고, 남을 전혀 배려할 줄 모른다고 생각하기로 결정했다.

이제 막 3학년 1학기가 끝났고, 바깥은 지루하고 우울한 여름이었다. 방학이 되면 삶이 조금은 달라질 줄 알았으나 그런 일은 없었다. 구체적으로 어떤 일을 하겠다고 다짐하지 않았고, 재밌는 사건을 찾으러 다니지도 않았으니까. 단지 해가 길고 한낮에 눈이 부시다는 이유로, 식물이 반짝이고

옷차림이 가볍다는 별것도 아닌 이유로
무작정 들떠 있었다. 그리고 언제나처럼 그
희망은 금방 바스라졌다.

　　방학 동안 기숙사에 남는다고 해도
절차상 며칠간은 무조건 퇴소해야 해서 나는
나흘 동안 대학 근처 하숙집에 머물렀다.
그 오래된 주택은 방에서도, 부엌에서도,
화장실에서도 곰팡내와 찌든 담배 냄새가
진동했다. 2층 한구석은 천장 마감이 떨어질
듯 말 듯 아슬아슬하게 내려앉아 있었는데,
옆방을 쓰는 외국인 여자애가 날 처음 본
날 저 헐거운 공간으로 쥐가 지나가니까
조심하라고 말해주었다. 나는 자기 방으로
들어가려던 여자애를 붙잡고 물었다.

　　"여러 사람이 매달 돈을 내고 사는 집인데,
관리하는 사람이 없어?"

　　"이 집을 팔 거래. 고치는 데 돈 쓰기

싫겠지."

　매정하다고 생각했지만, 그렇다고 해서
집이 너무 혐오스럽거나 당장 뛰쳐나가고
싶다거나 하진 않았다. 이런 집은 언젠가
우리 집이기도 했고, 내 친구의 집이기도
했고, 지금도 나 같은 사람들이 지내는
곳이니까. 무엇보다 내 예산이 감당할 수 있는
가장 적절한 숙소였다. 그래서 그 여자애가
마당에서 누군가와 떠들며 이 집을 낡고
더러운 지옥이라고 칭하는 것을 들었을 때,
무안할 정도로 마음이 뭉개졌다. 누군가는
지옥에서 자란다고 말해주고 싶었는데 그럴
수도 없었다. 이런 상태의 집이 괜찮다는
거야? 그냥 놔둬도 된다는 거야? 하고
되묻는다면 할 말이 없을 테니까. 며칠 있다가
떠날 집인데 누가 욕 좀 했다고 갑자기
발끈하는 것도 웃긴 일이다.

내 방학은 남이 보기에 지옥과 다름없는
집에서 시작되었다. 하숙집에 비하면 훨씬
쾌적한 기숙사에 돌아와서도 달라진 것은
없었다. 색다른 걸 할 수 없었고, 근사한
걸 누릴 수 없었다. 누구처럼 해외로
여행을 가지 못했고, 눅눅한 벽 사이에서
잠만 잤다. 아침에 깨면 계절학기 수업을
들으러 나가거나, 알바를 하러 나가거나
둘 중 하나였다. 일상을 벗어나지 못하는
것이 억울했다. 그런 날들이 두껍게 쌓여서
내 조그만 기대를 잘게 부수었다. 방학이
이미 망한 것 같았고, 그 기분은, 무언가를
처음부터 망친 듯한 기분은 아주 익숙하게
호흡을 조여왔다. 울지는 않으려고 몸을
숙여 얼굴을 책상에 대고 살살 비볐다.
나와 박스밖에 없는 방에서 나는 치졸하게
속삭이고 또 속삭였다. 콤플렉스투성이.

방학만 망친 것도 아니면서 뭘 처울어. 울
일도 아닌데.

　나는 가끔 내가 실망으로만 이루어진
사람 같아서 어쩔 줄을 모르겠다.

　룸메이트가 빨리 돌아오길 기다렸지만 그
생각만 한 것은 아니다. 평일에는 계절학기
수강생, 올리브영 메이트, 도서관 이용자,
편의점 야간 알바생이 되고, 주말 오전에는
세 시간 동안 학교 앞 카페의 청소부가 된다.
뭔가를 받아 적고 외우고 손님을 응대하고
물건을 옮기거나 정리하다 보면 하루가
끝난다. 카페에서의 업무는 건물 1층과
2층의 남녀 화장실 청소인데, 건물주가
결벽증 때문에 하루에 세 번씩 위생 상태를

검사한다며 사장이 제법 깐깐하게 지시를
내린다. 청소용 솔에 누런 때가 묻는 걸
용납하지 않아서 베이킹 소다를 뿌리고
맨손으로 벅벅 닦은 적도 있다. 꿉꿉한 대낮에
밖에서 일하지 않는 것만으로 만족하며
얌전히 걸레를 빨고 변기에 세제를 뿌린다.
누군가는 해야 하는 일이고, 부끄럽지도
않았다. 가끔 비위가 상하긴 해도 집 화장실
청소와 별로 다를 것도 없어서 아무 생각
없이 기계적으로 청소를 해왔지만 일전에
고무장갑을 벗으며 남자 화장실에서 나오다가
계단을 오르고 있던 대학교 동기들을
마주쳤을 때는 귀가 새빨개질 정도로
창피했다. 그 애들이 나를 보자마자 마치
좋은 말을 꺼내야 한다는 강박에 사로잡힌
것처럼 내가 성실하다고, 대단하다고 일제히
소리쳤기 때문이다. 칭찬인지 위협인지

분간하기 힘들 정도로 그 순간만큼은 학교 폭력을 당하는 것 같았다.

이런 틈에 해외여행 중인 룸메이트와 박스 더미 같은 걸 자꾸 떠올리면 발자국마다 우울이 남을 것이다. 경제적 우울, 소비자적 우울, 뭐 그런 것들이 내 몸에서 촛농처럼 죽죽 떨어져 내릴 것이다. 어쩌면 이미 나를 반쯤 잃어버린 것도 같았다.

내가 일하는 편의점에 함께 공모전을 준비했던 남자 후배가 자주 오는데, 그의 담배를 찾아 꺼내는 동안 그는 내게 왜 그렇게 알바를 많이 해요? 하고 물은 적이 있다. 밤 12시에 콘돔을 사러 온 이름조차 기억 안 나는 선배도, 또 작년에 면담을 해주었던 주임교수도 비슷한 말을 했다. 돈을 벌어야 한다고 말하면 그들은 아마 떨떠름하게 웃거나 공부를 더 열심히 해서 장학금을

타라고 조언할 것이다. 학교나 국가의 지원을
어떻게 받을 수 있는지 설명해줄지도 모른다.
나는 상상 속에서만 우와, 정말 기발한
방법이네요? 하고 손뼉이나 치겠지. 실제로는
가만히 끄덕이기만 하면서. 절대로 '내가 그런
걸 모를 것 같아? 너희보단 내가 더 많이
찾아보지 않았겠어?' 하고 으르렁거리지 않을
것이다. 얌전히 있을 것이다.

　하루하루가 그렇게 상대적으로 가난하고
쥐 죽은 듯이 따분해서, 나는 날이 갈수록
자주 졸고, 땅을 내려다보고, 길의 소실점을
멍하니 바라보고, 친구들의 연락을 씹었다.
어떤 날에는 너무 피곤하고, 모든 게 무의미해
보여서 아무것도 먹지 않고 내내 잤다.

　좋아하는 게 있어서, 가령 뭔가를 배우고
싶다거나 명품을 사고 싶다거나 여행을 가고
싶어서 돈을 버는 거라면 좀 덜 치열하고

덜 불행하고 덜 청승맞았을까? 고작 학비를
벌 계획, 끼니, 통신, 교통, 냉난방과 수도
같은 것을 해결해야 한다는 일상적인 압박
말고 다른 무언가를 위해 돈을 버는 거라면
좀 나았을까? 이런 답답한 감정이 들이닥칠
때마다 골몰하기 싫은 나머지 나는 방 안에
쌓인 박스들을 발로 걷어차는 상상을 했다.
가상의 화풀이가 끝나면 아무것도 하지 않은
나, 반발하거나 변명하지 않은 나를 오히려
자랑스럽게 생각할 수 있었다.

　　룸메이트가 돌아오기 전날 밤, 엄마가
대뜸 내게 전화를 걸어 가게 일이 잘
안 풀린다고 한탄했는데 나는 당당하게
나만의 노하우를 공유해주었다. 그거 알아?
상상만으로 어떤 순간을 버틸 수 있어,
하고. 엄마는 상상이 다 무슨 소용이냐면서
예민하게 답했다.

"현실적으로 생각해야지, 아무 말이나
하지 말고 생산적인 얘기를 좀 해."

엄마가 바늘을 가져와 그 끝으로 내
상상의 풍선들을 콕콕 찌르는 것 같았다. 나는
점점 엄마 말에 답하는 게 귀찮아졌고, 어쩔
수 없는 일들은 어쩔 수 없는 거겠지, 하고
무책임한 소릴 했다. 그래놓고 내 무능한
화법에 스스로 염증을 느껴서 어딘가에
화풀이를 하러 밖으로 나갔다. 사감 선생님만
이용할 수 있는 1층 뒷문으로 몰래 나가
어두컴컴한 기숙사 정원을 걸었다. 비가
한바탕 내려서 나무들이 전부 젖어 있었고,
나는 떨어진 나뭇잎이 곤죽이 될 때까지
밟았다. 다른 사람들은 화가 나면 남을
해치기도 하던데, 나는 나 자신조차 해치지
못하는 게 수치스러웠다. 온몸이 쪼그라드는
것 같았다.

❖

그 애는 종강하고 2주쯤 지난 날 오후 6시에 돌아왔다. 나는 신발장 앞에 쭈그려 앉아 운동화 끈을 묶다가 1학기 성적을 확인하라는 공지 문자를 받고 힘껏 미간을 찌푸리고 있었다. 학과 사무실은 꼭 금요일, 자기들 퇴근 시간에 공지를 보내곤 했고, 그게 어째서인지 거슬렸다.

내가 한 손으로 이마와 앞머리를 한 번에 쓸어 넘기는 순간 누군가 갑자기 문을 벌컥 열고 인사했다.

"안녕."

"아, 안녕."

"뭐 봐?"

처음 보는 여자가 내가 스마트폰으로 뭘 보고 있는지 물었고, 곧바로 그 애가 내

룸메이트라는 것을 알았지만 나는 선뜻
답하지 못했다. 예상을 완전히 빗나간 모습,
그러니까 피부색이 짙고, 눈이 아주 크고,
눈동자가 호박색이고, 뺨과 코와 턱에
점이 여럿 있고, 긴 곱슬머리를 허리까지
늘어뜨리고 있는 모습에 놀랐기 때문이다.
배정표를 제대로 보지 않아 외국인과 방을
쓰는 줄도 몰랐던 나는 그제야 그 애가 남기고
간 메모의 어설픈 글씨체를 다시 떠올렸다.

　살면서 외국인과 대화해본 적이 별로
없었고, 방을 같이 쓴 적은 더더욱 없었다.
사람 얼굴을 보자마자 막막하다고 느끼긴
처음이었다. 어떻게 방 안의 저 정신 사나운
박스들처럼 단번에 나를 답답하게 만들까.

　"어? 아. 성적 공개됐다고 해서."

　"공개?"

　룸메이트는 캐리어의 손잡이를 잡은 채

멀뚱히 서서 공개가 무슨 뜻인지 물었고,
나는 끈을 제대로 묶지도, 풀지도 못해
허둥지둥하다가 영어로 설명했다.

"오늘부터 성적을 볼 수 있다는 뜻이야."

"아, 점수!"

"어, 점수."

룸메이트는 고개를 끄덕이며 웃다가 조금
수줍어하며 눈알을 한 번 굴리더니 한국어와
영어를 섞어 자신을 소개하기 시작했다.

"내 이름은 이네스야. 브라질에서 왔어.
교환학생이야."

너는? 하고 나를 빤히 보기에 속으로
이네스의 이름을 곱씹으며 내 이름을
말해주었다.

"나는 이주영. 주영이야."

소개를 했다기보단 해치웠다고 봐야
할 정도로 성의가 없었지만 그래도 그 애가

들어올 수 있도록 몸을 최대한 접었다.

"나 없어서 편했지?"

"창고에서 자는 것 같았어."

나는 박스들을 턱으로 쓱 가리키며
말했다. 이네스는 눈썹을 팔자로 만들고 약간
호들갑을 떨며 사과했다.

"진짜? 정말 미안해!"

풍성한 머리를 하나로 묶은 이네스는
여행 가방을 문밖에 놔둔 뒤 방으로 들어가
박스를 뜯기 시작했다. 나는 드디어 저것들이
해체되는구나 하며 속 시원한 마음으로
신발을 마저 신었다. 이네스에게 밤에
돌아오겠다고 대충 말한 뒤 복도를 성큼성큼
걸었다.

숨을 고르며 스마트폰으로 대학 포털
시스템에 접속했다. 룸메이트가 외국인인
게 중요해? 어차피 방에서는 잠만 잘 텐데,

당연히 성적이 더 중요했다. 나는 로그인을
하고 억겁 같은 몇 초를 버틴 뒤 성적을
확인했다. D+가 하나 있었다. 그 과목은 내용
자체가 어려워서 몇 개 단원을 아예 이해도
하지 못했던 터라 아쉽다고 하기는 민망했다.
납득되는 점수지만 그래도 D+는 위험해서
지푸라기라도 잡는 심정으로 바로 메일 앱을
켰다. 나에게 D+를 준 교수에게 이 수업이
내가 이번 학기 중 가장 열정적으로 수강한
과목임을 간곡히 알리고(거짓말이지만 뭐
어쩌라고?), 다음 학기 기숙사 신청 순위가
밀릴 확률을 짚으며 혹시라도 C가 될
가능성은 없는지 묻는 구질구질한 이메일을
보낸 뒤 아무 표정 없이 걸었다.

　30분쯤 지나 상투적인 회신이 돌아왔다.
이주영 학생, 사정은 안타깝지만 중간고사
답을 절반이나 비운 상태에서 최종 점수를

보충하거나 보정할 수는 없겠습니다…….
끝까지 읽지도 않고 창을 닫았다. 내가
답안을 절반이나 비웠던가? 뭐라도 지어내지
않고 그냥 제출했다고? 경악했지만
돌이켜보니 그랬던 것도 같았다. 나는 혼자
두 손으로 얼굴을 감싸안고 창피해하다가
저녁이 되어서야 교수에게 답장을 보냈다.
안녕하세요, 교수님. 답변 감사드립니다.
감점 사유를 상세히 알려주셔서 감사합니다,
이번 학기 동안 열과 성을 다하여
가르쳐주신 내용 잘 기억하여 다음 학기
열심히 준비하겠습니다, 감사합니다…….
너무 감사해서 허우적거리는 것처럼 보일
정도로 감사함을 남발하고 편의점에 갇혀
아저씨들한테 담배나 팔았다.
　　밤에는 모은 돈을 전부 옷장 안에
두었다가 도둑맞는 내용의 악몽을 꿨고,

새벽에는 몇 번이고 깼다가 다시 잠들었다. 방
안에 있던 박스 더미가 사람으로 변한 것만
같은 밤이었으니 편히 자지 못하는 건 어쩌면
당연했다. 그 뒤척임의 여파로 알람이 울리기
10분 전에 눈을 뜬 나는 짜증을 내며 몸을
일으켰다. 밤새 박스를 푸느라 정신이 없던
이네스는 코까지 골며 양팔을 위로 뻗은 채
자고 있었다. 나는 최대한 발소리를 내지 않고
책상으로 걸어가 반듯하게 앉았다. 시야가
뚜렷해짐과 동시에 모든 알람을 삭제했다.
블라인드를 아주 조금만 걷어 올려 환기한 뒤
희미한 햇빛 속에서 조용히 노트북을 켰다.
이네스가 깨지 않게 배려한 것은 아니고, 그
애와 아침부터 대화하고 싶지 않았을 뿐이다.

　　나는 연신 눈치를 보며 조심스럽게
타이핑했다. 이메일 계정에 접속하자
교수로부터 또 하나의 메일이 도착해 있었다.

그럴 확률이 매우 낮다는 걸 알면서도 설마 C로 정정해준다는 건가? 하고 중얼거리며 메일을 클릭했다.

　몇 줄 되지도 않는 글을 읽고 또 읽었다. *성적을 정정해줄 수는 없지만 앞으로의 학업을 응원하는 차원에서 내가 진행하고 있는 국제 교류 프로그램을 청강하게 해줄 수 있는데, 들어오는 게 어떤가요? 다음 학기 전공 필수 수업이 세미나형 수업이고, 외국인 학생들을 인터뷰하는 과제가 있으니 도움이 될 거예요. 학교 근처라면 면담을 한번 합시다.* 교수가 프로그램을 들으라고 멱살 잡고 강요한 것도 아닌데 벌써부터 귀찮아서 화면을 닫고 잠자코 기다렸다. 내게 답장을 보낼 집중력과 성의가 생길 때까지 이네스의 머리맡을 바라보았다. 얇은 빛줄기가 닿은 부분은 갈색으로 윤이 나서 머리카락에 얼룩말 같은 줄무늬가 생긴 것 같았다.

  그렇게 한참 앉아 있다가 겨우 답장을 보내고 수업에 가기 위해 일어섰다. 이네스는 내가 옷 갈아입는 소리를 듣고 깼다. 어디 가는지 묻기에 수업과 알바가 있다고 답했다. 그 애는 잠긴 목소리로 말했다.

  "성실한 학생."

  "그런 말 많이 들어."

  이네스는 잠꼬대하듯 키득거리며 잘 가라고 손을 흔들었고, 나는 내가 좋아하지 않는 수식어를 듣고도 고맙다고 덧붙인 뒤 신발을 구겨 신고 뛰어나갔다.

❖

  인문대 건물은 늘 서늘했다. 밖에서 안으로 들어서자마자 여름의 열기가 흩어지고

소독약 냄새 같은 게 공간을 메웠다. 그
특유의 냄새와 기묘한 온도 때문에 매번 처음
오는 것처럼 낯설었다. 아무리 왔다 갔다
해도 내가 소속감이나 정을 느끼지 못하게끔
누군가 매일 모든 벽과 바닥을 소독하는 게
아닌지 의심이 들 정도였다.

　계단을 천천히 오르며 수십 번 결석할
결심과 출석할 결심을 번갈아 반복했다.
어차피 무슨 소린지 알아듣지도 못하는데
오늘 하루 빠진다고 타격이나 있을까
싶다가도 수업 자료를 공유해줄 사람이
없다는 점이 마음에 걸려서 결국 2층 구석에
있는 작은 강의실로 들어갔다. 월, 화, 수, 목
내내 같은 시간에 같은 장소에서 진행되는
형태론 수업의 PPT가 어김없이 강의실
스크린에 선명하게 떠 있었다.

　대부분의 내용을 이해할 수 없어

아무렇게나 되는대로 받아 적다가 두 개 이상의 단어가 합해져 새로운 단어를 형성하는 합성어에 관한 강의는 그나마 이해하기 쉬웠고, 나름대로 열심히 필기했다.

비터(bitter)+스위트(sweet)=씁쓸하면서도 달콤한/괴로우면서도 즐거운.

슬립(sleep)+워크(walk)=자면서 걷다(몽유병 증세를 보이다).

선(sun)+다운(down)=일몰.

단어들을 나누고 나누다 보면 어디까지 쪼개질까. 교수는 예시를 하나하나 읽어주면서 우리에게 물었다.

"재밌지 않나요?"

앞줄 학생들이 정색하자 교수는 푸하하, 애네 표정 봐! 하고 웃더니 손가락으로 자기 코끝을 두어 번 건드리며 겸연쩍게 말했다.

"단어가 모여서 단어가 되고, 문장이

되고, 대화가 되고. 근데 이걸 따라가다
보면 생각보다 아주 잘게 나뉘어요. 가끔
음성언어들이 숨이라는 입자로 이루어진 어떤
유기체 같아, 나는."

　교수의 말을 듣다가 다시 책으로 시선을
돌렸다. 영어에서는 합성어의 가장 오른쪽에
있는 단어가 중심 단어라고 한다. 그런데
그게 전치사라면 이 법칙이 적용되지 않아서
선다운에서는 다운이 아니라 선이 중심
단어다. 중심 단어에 따라 합성어의 품사가
정해진다. 비터스위트는 스위트가 형용사이기
때문에 형용사가 되고, 슬립워크는 워크가
동사이기 때문에 동사가 되고, 선다운은 선이
명사이기 때문에 명사가 되는 것이다. 나는
스위트, 워크, 선 세 단어 위에 작은 별을
그리며 이 단어들이 비터, 슬립, 다운보다
중요한 이유가 뭘까 생각했다. 다른 건 몰라도

비터스위트는 스위트비터일 수도 있었을 텐데 어째서 비터스위트가 되었는지 같은 걸 혼자 생각하다가 쉬는 시간이 되자마자 메일 앱에 접속해 회신을 확인했다. 수업이 끝나면 6층의 교수 연구실로 오라는 간단한 메시지가 와 있었다. 함께 근무하는 올리브영 메이트에게 10분 정도 늦을 것 같다고 문자를 보내려다 말았다. 스마트폰을 뒤집어 책상 위에 두고 엎드렸다. 인생에 하등 도움 안 되는 비터스위트의 합성 순서 같은 걸 고민하느라 체력을 다 쓰기라도 했나? 교수를 일대일로 만날 생각에 긴장이 되었나? 뭔지 모르겠지만 나는 알바에 무단 지각하기로 어느 정도 마음을 먹은 채 남은 수업을 들었다.

강의가 끝난 후에는 복도를 빠르게 걸었다. 나는 별일 없는 날에도, 무기력한

날에도 항상 할 일이 있는 사람처럼 바쁘게

걸었다. 당장 6층에 올라가지 못하면

퇴학이라도 당할 것처럼 다리를 발발 떨다가

승강기를 타고 그 안에 비치된 거울을

바라봤다. 같이 탑승한 청소 노동자가 거울

옆에 붙어 있는 성경 구절을 눈으로 읽는

듯했다. *모든 지킬 만한 것 중에 더욱 네 마음을*

지키라. 나는 그 아래 적힌 또 다른 구절을

중얼거리며 읽었다. *구부러진 말을 네 입에서*

버리며 비뚤어진 말을 네 입술에서 멀리하라.

우리는 몇 초간 나란히 성지순례라도 온

사람들처럼 서 있었다. 청소 노동자가

쓰레기통을 밀며 먼저 내렸다.

　　나는 6층에 내렸고 알맞은 문을 찾아

노크했다. 들어오세요, 소리를 듣고 문을 연

나를 보자마자 교수님은 미소를 지었다.

　　"이주영 학생은 너무 예의가 바르네.

발소리도, 노크 소리도 참 작아."

창으로 쏟아지는 햇빛이 교수님의 얼굴에 역광을 얹고 하얗게 센 은발에 윤기를 더했다.

"너무 예의가 바르면 자신감이 없어 보일 수 있어."

자신감? 심리 상담도 아니고 무슨 엉뚱한 소리인가 했지만 교수님은 그래그래 하며 혼자 뭔가를 다 아는 사람처럼 고개를 끄덕였다. 아주 오래 학교를 지킨 신선 같은 인상이었다. 내가 어정쩡한 표정으로 다가가 꾸벅 인사하자 그는 나에게 앞자리에 앉으라고 손짓하며 자기소개를 시켰다.

"네? 아, 어. 음, 영어영문학과 이주영입니다. 3학년인데, 재수해서 스물세 살이고요. 본가는 경상도고, 계절학기로 형태론 듣고 있습니다. 그리고 또, 알바도 하고 있어요."

D+를 받은 수업의 오리엔테이션 때 했던 자기소개와 거의 같았다. 기억 못 하실 것 같았지만 교수님은 추가로 업데이트하고 싶은 근황은 없어? 하며 대화를 활발하게 유도했다.

"전에는 CU에서 일했고, 지금은 GS입니다."

교수님은 황당하다는 듯 눈썹을 치켜 올리고는 다음 질문으로 넘어갔다. 장래 희망에 관한 질문이었다.

"앞으로 뭘 하고 싶어?"

아무것도 떠오르지 않았다. 미래를 구체적으로 생각해본 적이 별로 없었다. 나를 둘러싼 사물, 분위기, 정보와 지식, 사람들, 대화, 내 안의 생각과 감정이 뚜렷하게 느껴지는 날이 많지 않았다. 온 세상에 윤곽선이 하나도 없고, 그저 덩어리로 보였다. 그래, 사람들에겐 생각이 있는데 내겐 항상 기분만 있는 것 같았다. 시대의 어른들, 영웅들이 하고 싶은 걸 하세요, 좋아하는 걸 하세요, 하며 꿈을 강조할 때마다 재수가 없었다. 모든 사람이 그런 걸 품고 살진 않는다는 걸 잘사는 사람, 잘되는 사람, 잘나가는 사람들은 이해하지 못하는 것 같았다. 다만 모르겠다고 답하기는 싫어서, 자존심이 상해서 아무렇게나 지어내 답했다.

"아, 음. 저는 번역 쪽으로 생각하고 있습니다."

"번역? 무슨 번역? 한영? 영한?"

"네? 아, 영한이요."

입에서는 거짓말이 흘러나왔다.

"영한? 영어를 좀 하나?"

나는 뜸을 들이다가 못한다고 하고 싶지 않아서 엄청나게 잘하는 건 아니라고 답했다.

"꼭 영어를 잘해야만 번역을 하는 건

아니지만, 업계에 워낙 영어 잘하는 사람이
많아. 아주 열심히 공부해야 할 거야."

교수님은 '열심히'에 강세를 주었다.
그러더니 지난주에 시작한 국제 교류
프로그램을 소개하기 시작했다. 우리 학교의
외국인 학생들과 한국인 학생들이 방학 동안
함께 영어 토론, 글쓰기, 발표 등의 과제를
수행하는 교육 프로그램이었다. 한국인
학생들은 이 프로그램에서 조별 활동으로
경복궁 투어, DMZ 방문, 케이팝 문화 체험
등을 주도적으로 진행해야 하는데, 이미 조는
다 짜인 상태이기 때문에 나는 그냥 아무
조에나 들어가면 된다고 했다.

설명을 듣자마자 이네스를 떠올렸다. 그
애가 참여하는지는 모르지만 왠지 호기심이
생겨서 수강생이 총 몇 명인지 같은 쓸데없는
질문을 던졌다.

"30명 조금 넘어. 외국인이 조별로 대여섯 명 정도 있어."

"되게 많네요."

"주영이는 이런 기회 잘 없지 않아? 외국 나가본 적 있어?"

"아, 저는 학교에서 주로……."

"학교 프로그램도 잘 안 들어오던데? 번역하려면 영어 많이 접해야 해."

교수님은 자세한 안내와 일정이 담긴 학습 노트와 안내 책자를 건넸다. 나는 책자를 훑어보며 몇 분 더 뭉개다가 신경 써주셔서 감사하다는 인사를 던지고 연구실을 빠져나왔다. 왜 굳이 D+짜리 학생을 챙겨준 거지. 노크 소리가 너무 작아서, 자신감이 없어서, 자신감을 키울 환경도 안 되어서? 건물을 빠져나가는 동안 교수님의 질문과 조언이 귓가에 맴돌았다. *뭘 하고 싶어?*

영어를 좀 하나? 뭘 하고 싶어? 영어를 좀
하나? 아주 열심히 공부해야 할 거야. 아주
열심히. 꿈도 없고, 학점도 낮고, 번역을 하고
싶다면서 D+ 겨우 받을 정도로 영어 실력도
의심스러운 내가 자격 미달이라고 말하는 것
같아서 가슴이 내려앉았다.

밥맛이 없었고 시간도 빠듯해, 점심을
빵으로 대충 때우고 올리브영으로 향했다.
20분이나 지각하는 바람에 매니저에게
혼났지만 세일 기간이라 모두가 물건을
무아지경으로 팔아댔고, 내 지각은
이야깃거리도 되지 않았다. 나는 몰려오는
손님들을 응대하면서, 창밖을 채운
대학생들을 엿보면서 억지로 경험과 돈을
저울질했다. 프로그램에 참여하게 되면
알바를 포기해야 하는데, 진심으로 번역에
뜻이 있는 것도 아니고 다음 학기 과제 수행에

정말로 도움이 되는지 알 수 없는 상황에 급여를 버리는 게 맞을까. 나는 화장품을 진열하고 출납하고 수많은 손님에게 어떤 제품이 잘 팔리는지 설명하는 내내 고민했다.

네 시간 동안 한 번도 앉지 못하고 돌아다니면서, 자신이 찾는 제품이 품절이라는 이유로 분기탱천한 사람을 달래고 창고 정리까지 마치고는 몸이 지쳐 더는 생각할 수 없을 지경에 다다랐을 때, 마치 구조 신호를 보내듯 스마트폰을 꺼내 교수님에게 프로그램에 참여하고 싶다고 문자를 보냈다. 손가락이 거의 저절로 메시지를 작성했고, 발이 저절로 매니저를 향했다.

"저 내일부터 못 나올 것 같습니다."

"어머, 왜요? 내가 혼내서 그래요?"

매니저는 퉁명스럽게 물었다. 그는 한숨을 두 번 연달아 쉬었는데, 내가 그만두는 게

아쉬워서가 아니라 새로 사람을 구할 생각에
성질이 난 것처럼 보였다.

"아뇨, 그게 아니라 교수님이 무슨
프로그램 하나 참여하라고 하셔서."

"주영 씨, 뭐 수석이야? 과 에이스예요?"

매니저의 빈정거림은 익숙했고, 나는 그가
사과를 원하는 것 같아서 진지한 표정으로
고개를 숙였다. 갑자기 말씀드리게 되어
죄송하다고 말했는데, 그는 남은 모든 말을
한숨으로 변환해버리고는 가보라고 손을
내저었다. 그래도 급여에 관해서 저녁에 따로
연락을 주겠다고 해서 조금이나마 홀가분해질
수 있었다. 아주 조금이나마.

퇴근하고 학교로 돌아가는 길은 찝찝하고
어쩐지 슬펐다. 얼굴에 열이 오르는 것
같았다. 시간을 내어 그 프로그램을 듣는 게
이득이 되는지 확신할 수 없는데도 당당하게

알바를 그만둔 게 창피해서 아스팔트 바닥 아래로 꺼져버리고 싶었다. 이 상태로 방에 들어가면 그대로 무너져버려 다시는 일어설 수 없을 것 같은 느낌이 들었고 방향을 틀어 도서관으로 향했다. 반납 도서 카트에 있는 책을 아무거나 집어 시간을 때우고 모레 있을 계절학기 중간고사 공부를 한 시간쯤 하다가 SNS에 올라온 동기들의 여행 사진을 보고 충동적으로 책을 덮고 짐을 정리했다.

문득, 사람들이 물 한 잔을 마시는 데도 돈이 드는 세상을 어떻게 살아가고 있는지 이해할 수 없어서 아득해졌다. 다들 처음부터 돈이 있고, 경제의 원리를 알고, 자신이 무슨 일을 해야 하는지 정확히 알고 있는지 궁금했다. 혼란스럽지는 않은지, 좋아하는 게 있는지, 누가 물어보면 바로 말할 수 있는 인생 계획이 있는지도 궁금했다. 나는 아무리 떠올려보아도 나를 알 수 없었다. 가끔은 내가 사실 연속적인 실망과 불안으로 빚은 인간 모양의 케이크라서, 아무 때나 조금만 건드리면 녹아버리고 으깨지는 것은 아닌가 싶을 정도였다.

나는 급히 중앙도서관 출입구를 지나 또다시 경보해서 기숙사로 향했다. 걷고 걸어봤자 학교 안 아니면 학교 앞. 온 세상이 쳇바퀴 같았다.

❖

이네스는 침대에 모로 누워 내가 알아들을 수 없는 언어로 누군가와 통화하고 있었다. 내가 신발을 벗고 가방을 내려놓으면서 면담 때 받은 책자를 꺼내 침대 위에 얹어놓는 순간, 그 애는 통화를 마치고 마침내 아는 체를 했다.

"주영, 너 그거 해?"

이네스는 내 이름을 잘 발음하지
못했지만 아무래도 상관없었다. 내가 아마
내일부터 참여할 것 같다고 말하자 그 애는
눈을 크게 뜨고 입을 활짝 벌리며 반가워했다.

"나도 그거 해!"

이네스는 양손을 흔들며 보석 같은
눈으로 나를 바라봤다. 내가 자기와 함께
호들갑을 떨며 기뻐하길 원하는 것 같았다.

"우리 조에 들어와."

"너희 조?"

이네스가 싫지도 좋지도 않았지만
반사적으로 혀끝까지, 입술 사이까지 싫다는
말이 토기처럼 올라왔다.

"나도 첫 주는 빠져서 아직 어떤지 잘
모르지만, 함께 있으면 서로 도움이 될 거야."

그러나 그런 무례한 생각을 한 것만으로
천벌을 받은 것처럼 눈물이 먼저 흘렀다.
아마도 내가 바란 것은 함께하자, 함께 있으면
서로 도움이 될 거야 같은 말, 그런 사소한
환대였던 모양이다. 그것을 너무 바란 나머지,
또 너무 부정한 나머지 왈칵 울 수밖에
없었다. 이네스는 내가 우는 것을 보자마자
침대에서 일어나 두 팔을 벌리며 다가왔다.
무슨 일 있어? 아파? 왜 울어? 나는 계속
고개를 흔들다가 울어서 미안하다고 말한 뒤
화장실에 들어가 훌쩍거리며 온몸을 씻었다.
입안에서 뜨거운 숨이 잔뜩 얽혀 두 번째 혀가
생기는 것 같았다.

"미안해하지 않아도 돼. 정말 괜찮아?"

"괜찮아."

"사감 선생님 부를까?"

"괜찮아."

이네스는 내가 머리를 말리고 누울 때까지 나를 살펴보았다. 내 쪽으로 아예 돌아누워 잠꼬대 같은 말투로 끈질기게 말을 건넸다. 아프면 말해, 힘든 일이 있으면 말해, 말하면 나아져, 정말이야. 친하지도 않고, 대화도 별로 해본 적 없으면서 이네스는 내게 아주 상냥하게 굴었다. 나는 시비를 걸 듯 물었다.

"왜 그렇게 착하게 대해줘? 나 정말 괜찮은데."

이네스는 눈을 느리게 깜빡이며 음, 음, 하고 고민했다.

"여러 가지 답이 있어. 솔직하게 말할까? 아니면, 달콤하게 말할까?"

솔직하게 말하는 것과 달콤하게 말하는 것이 반의어 관계인가? 나는 둘 다 말해달라고 답했다.

"달콤하게 말하면, 나는 원래 착해. 그리고
너와 싸우지 않았으니까 너한테 나쁘게 대할
이유가 없어."

"솔직하게 말하면?"

"외국인은 거의 다 친절해."

"외국인이 어떻게 거의 다 친절해? 다
똑같은 사람인데. 말도 안 돼."

"정말이야. 예를 들어볼게. 다른 나라에
여행 간 사람들은 기분 좋게 있다 가고
싶으니까 기분 나쁜 일이 있어도 최대한 화를
안 내려고 해. 그리고 다른 나라에 살기 위해
간 사람들은 모르는 사람들밖에 없으니까
먼저 착하게 행동해야 해. 잘 보여야 하니까.
사람들이 친절하게 해줬으면 좋겠으니까.
내가 갑자기 울면 너도 나한테 아파? 괜찮아?
나한테 무슨 일인지 얘기해도 돼! 이렇게
말해주길 바라는 거지."

이네스는 느리게, 한국어와 영어를 마구마구 섞으며 설명했다. 그 애의 솔직한 답에는 씁쓸한 구석이 있었다. 배척당하는 걸 전제하는 삶. 외국에 나가 산 적은 없지만 그게 아주 모르는 감정 같진 않았다. 나는 사람들 사이에 섞이지 못할까 봐 물러서거나 참거나 몰래 준비한 경험들을 떠올리다가 할 말을 잃어버렸고, 무슨 말을 해야 할지 몰라서 이상한 논점을 잡았다.

"방금 그건 씁쓸한 답이야, 솔직하다와 씁쓸하다는 동의어가 아니잖아?"

이네스는 고개를 끄덕였다.

"그렇지. 나는 둘 다 솔직한 마음으로 말한 거야. 비터스위트한 답이라고 하면 되겠다."

이네스는 킥킥거리며 웃다가 먼저 눈을 감고 잘 자라고 말했다. 나는 몸을 돌려 벽을 보며 한참 생각을 하다가 서서히 잠들었다.

우리는 다음 날 함께 프로그램이
개설된 신관 건물로 향했다. 모든 창문에서
사각형의 빛이 들어와 바닥에 반듯하게
깔려서 아침에는 꼭 천국을 걷는 기분이 드는
곳이었다. 이네스는 내가 전날 운 것이 계속
신경 쓰였는지 아프면 꼭 도움을 요청하라고
천사처럼 신신당부했다. 온통 다정하고
신성해서 팔에 소름이 돋았다. 나는 이네스를
물끄러미 보다가 무성의하게 고개를 끄덕이고
그의 뒤를 따라 강의실에 들어갔다.

내가 속한 조에는 한국인 학생 한 명,
중국인 학생 한 명, 미국인 학생 한 명,
스페인 학생 한 명, 브라질 학생 한 명이
있었다. 브라질 학생이 이네스였다. 활발하고
웃음소리가 커서 무리에서 꽤 눈에 띄는
축이었다. 긴 곱슬머리, 고양이 같은 눈매와
또렷한 눈빛도 한몫했다.

조원들이 나를 위해 돌아가면서 영어로 자기소개를 했다. 모두 반말을 쓰기로 규칙을 정했는지 한국어를 사용할 땐 친구처럼 편하게 말하고 있었다. 나는 먼저 누군가에게 말을 걸기보단 조원들이 무슨 얘기를 나누는지 듣고 싶어서 잠자코 있었다. 이네스는 스페인 학생과 대화할 때 특이한 말소리를 냈다. 스페인어인지 포르투갈어인지 구분할 수 없는, 어쩌면 두 언어를 깍지 낀 것처럼 겹쳐버린 말들로 속닥거리다가 차례가 오자 자신의 이름을 천천히 말해주었다. 낯선 발음과 악센트, 열 음절이 넘어가는 풀네임이 흥미로웠다.

그다음은 내 차례였다. 나는 목을 가다듬고 말했다. 마이 네임 이즈 주영. 주, 영.

"그리고 나랑 주영은 룸메이트야!"

이네스는 내가 나이나 전공을 말하기도

전에 대뜸 내 팔에 팔짱을 끼며 조원들에게
소리쳤다. 그 애는 내 이름을 주연, 주은,
주융 등 다양하게 발음하고 있었지만,
이네스에게는 어색한 소리 배열일지도 몰라서
굳이 고쳐주지 않았다.

조원들은 우리 둘이 마치 엄청난
기회라도 얻은 것처럼 좋겠다고, 부럽다고
말했다. 무엇이 어째서 부러울 일인지 알지
못했으나 애들이 그렇다고 하니까 나는
억지로 뿌듯한 척을 하면서 웃었다.

조원들의 대화는 다 그런 식으로
가식적이고, 위선적인 구석이 있었다. 조장인
혜원은 시도 때도 없이 조원들의 옷과 화장,
헤어스타일을 칭찬했고, 미국인 샨텔은
중국인 루화에게 끊임없이 자기가 아는 중국
배우와 드라마를 언급하며 의기양양하게
웃었다. 원탁에 빙 둘러앉아 부자연스러울

정도로 상냥하게 대화하는 서로 다른 나라 사람들 사이에 끼어 있으니 이상한 자신감이 생기는 것 같았다. 철없이 나대도, 무슨 주제의 말을 꺼내도 받아들여질 것 같았다. 나는 교수님이 교탁에서 일정 공지를 하든 말든 스페인 학생과 속삭이고 있는 이네스의 말에 귀를 기울였다. 어떤 틈에 끼어들어보고 싶어서, 하나라도 아는 단어가 있다면 잡아내려고 노력했다.

이네스의 언어에는 선명한 리듬이 있었고 소리는 온통 둥글었다. 예쁘고 우아하게 들리지는 않았지만, 목소리가 낮고 부드러워 어절마다 음영이 지는 것 같았다. 말에도 빛과 그림자가 있을까. 입술과 혀와 성대로 만든 음소에 그런 걸 불어넣을 수 있을까. 수어에도, 암호에도 이런 감각이 있는지 불현듯 궁금했다.

    교수님이 수업 자료를 가지러 잠깐 같이
인쇄실에 가자고 했을 때, 나는 궁금함을
참지 못하고 물었다. 정확하게 무슨 질문을
하겠다고 정하고 물은 건 아니다 보니 한참
횡설수설했다. 이네스의 브라질 포르투갈어가
듣기 좋다, 뭐랄까 소리가 어디는 볼록하고
어디는 움푹 팬 것처럼 들린다, 어떤 발음은
빛나는 것 같고, 어떤 발음은 어두운 것 같다,
그런 공감각적인 이미지가 있다, 외국인들이
듣기에 한국어에도 이런 감각이 있을까요?
내가 들어도 뭔 소린지 알 수 없는, 질문이
아니라 감상이나 다름없는 말이었고, 아니나
다를까 교수님도 잘 이해하지 못한 것 같았다.

    "무슨 말인지 잘 모르겠지만……."

    그리고 아마, 왜 내가 이런 걸 묻는지도
모르는 것 같았다. 나 역시 그 이유를 알지
못했다. 그게 부끄러워서 말을 꺼낸 것을

후회했다.

"실례가 되지 않을까?"

"네?"

"브라질 사람들이 일상적으로 쓰는
언어를 그렇게 무슨 예술인 것처럼 인식하는
게 불쾌하지 않을까? 그런 생각이 드네. 물론
개인이 느끼는 걸 통제할 수는 없지만."

나는 계단에서 잠깐 걸음이 느려졌다가
아아, 하고 이해한 척하며 죄송하다고
말했다. 교수님은 딱히 자신에게 죄송할 일은
아니라고 했다.

"아무튼 새로운 언어에 흥미를 가지는
자세 좋아요. 발음이 매력적이라고 생각할
수 있지. 그런 동기로 외국어를 공부하는
사람들도 있잖아?"

"그건 괜찮은 건가요?"

어떤 언어의 발음이 매력적이라고 느끼는

것과 내가 이네스의 말소리에 대해 구구절절
늘어놓은 얘기가 뭐가 다른지 알고 싶었다.
교수님은 어깨를 으쓱이며 잘 모르겠으니
알아서 생각해보라고 가볍게 답하고는 먼저
인쇄실 앞에 도착해 문을 밀었다. 우리는
인쇄실에서 미리 준비해둔 종이 무더기를
나눠 들고 침묵 속에서 강의실로 돌아갔다.

　　그날 수업은 영어로 자신이 좋아하는
영화와 싫어하는 영화에 대해 떠들고 한
페이지 분량의 에세이를 쓰는 시간이었다.
영어를 잘하는 영어권 학생들은 막힘없이
얘기하고 자신 있게 글을 썼지만, 대부분의
학생들은 고민에 잠겨 하염없이 펜대를
굴렸다. 나는 학생들의 답을 들을 때마다
무의식적으로 받아 적었다.

　　어떤 애들은 좋아하고 싫어하는 것을
영어로 솔직하게, 제대로 표현하고 싶어서

쉴 새 없이 사전을 검색하며 준비했고, 어떤
애들은 영어와 일종의 타협을 맺은 뒤 적당히
둘러댔다. 그 애들은 무엇보다 신속한 과제
해결이 중요해서 사람들이 금방 알아듣거나
이유를 얘기하기 쉬운 영화를 골라 말했다.
거짓말이라도 상관없었다. 한낱 방학
프로그램에서 구태여 진심을 꺼낼 필요는
없을 것이다.

　　"난 마블 영화를 좋아해. 액션과 CG가
멋있어. 상영 시간이 길고 따분한 우주 SF
영화는 싫어."

　　이렇게 초급 어휘로도 얼마든지 만들
수 있고 다른 여지를 남기지 않는 단호한
답들이 여기저기서 들려왔다. 나는 둘러대는
사람들이 자연스러움을 연출하기 위해
모순적으로 짓는 겸연쩍은 표정이나 과장된
한숨, 요란한 떠듬거림을 금방 알아챘다.

대체로 이 행동은 창피한 척만 하지, 오히려 최선을 다하고 있는 듯한 느낌을 줘서 더 질문하지 못하게 하고, 대화의 연장을 막는다. 내가 항상 한국어로 하는 짓이기 때문에 모를 수 없었다. 뭘 하고 싶어? *아, 음. 후우. 저는 약간 번역, 쪽으로…… 생각하고 있습니다, 라든가 어…… 외국인들이 듣기에도, 뭐랄까, 음, 그런 감각이 있을까요? 라든가.*

내가 장래 희망을 꾸며낼 때 뱉은 짧은 한숨을 머릿속으로 반복 재생하다가 서글퍼졌다. 모국어로조차 진솔한 설명을 할 수 없어서, 일목요연한 이야기를 할 수 없어서 타협을 봐야 했다는 걸 떠올리고 말았다.

이네스는 부족한 영어로도 자기 생각을 끝까지 어떻게든 말해보려는 쪽이었다. 오래 걸렸지만 "크리스토퍼 놀런의 〈인터스텔라〉와 〈인셉션〉을 좋아해.

시간이나 꿈 같은 추상적이고 모호한 소재를
시각적으로 묘사해서, 잘 이해할 수 있게
도와줘. 싫어하는 영화는 없어. 꼭 하나의
장르를 골라야 한다면 로맨스 영화를 가장
덜 봐. 대부분 플롯이 진부하고, 공감하기
어려워”라는 대답을 완성해냈다. 어젯밤에도
이네스는 내 질문에 복잡하지만 솔직한
답을 굳이 해주었고, 나는 그런 이네스의
말들이 마음에 들었다. 정성스럽고 세세하고
입체적인 발화를 하는 사람이라고 생각했다.

　　“주영. 너는?”

　　이네스가 내 의견을 물었을 때, 수업
시간이 끝났고 교수님이 마무리하는
코멘트를 시작했다. 이네스는 싱긋 웃었다.
전혀 아쉬워하는 것 같지 않았다. 그런
반응이 이상하게 오히려 이네스와 더
대화하고 싶도록 만들었다. 박스를 2주 동안

쌓아두고 자리를 비운 것을 전부 용서할
수 있었고, 조금 과장을 보태자면 이네스가
내게 필요하다는 직감마저 들었다. 그러나
이네스는 수업이 끝나자마자 다른 유럽어권
학생들과 무리를 지어 강의실을 빠져나갔다.
눈이 잠깐 마주쳤을 때 이네스가 상냥하게
손을 흔들어 인사했고, 내가 맞인사를 하기
위해 손바닥을 슬그머니 폈지만, 이미 그 애는
고개를 돌리고 문턱을 넘은 뒤였다.

　　나는 건물 계단과 복도에 쩌렁쩌렁
울리는 유럽어권 학생들의 대화를 오디오처럼
들었다. 모르는 말들이 펼쳐지고 확산하는
와중에 이네스의 동그란 말소리를 귀가
단번에 잡아냈다. 뒤쪽 음절들에 강세가
붙고, 한국어로 치면 이응 받침소리가 많아
노래처럼 들리는 언어. 멀어지면서 점점
작아지는 그 소리는 따라가고 싶을 정도로

감미로웠다. 함부로 남의 언어가 어떻게
들리는지 평가하면 안 된다고 했는데,
어떡하지?

나는 곧장 밖으로 나가지 않고 건물
라운지에 앉아 유튜브에 브라질 포르투갈어를
검색하고 브라질 사람들의 말소리를 들었다.
음량을 낮추고 귀에 바싹 가져다 댄 뒤 약간
고집스럽게 열댓 개의 영상을 하나하나
재생했지만, 내가 이네스의 말소리에서
발견했던 빛과 어둠은 어디에도 없었다.

❖

나와 이네스는 각자의 하루를 보내고
기숙사에서 다시 만났다. 내가 씻는 동안
이네스는 곯아떨어져서 별다른 얘기는 할 수
없었다. 대신 그다음 수업에도 나는 이네스와

함께 강의실로 향했다. 도착하기 전까지 무슨
얘기든 나누고 싶어서 하나도 관심 없는데도
일본 여행은 어땠는지, 누구와 함께 다녔는지,
뭐가 제일 좋았는지 같은 걸 나도 모르게
물어보았다. 이네스는 우리 조 테이블을 찾아
자리에 앉을 때까지 직접 찍은 사진들을
보여주며 도쿄타워와 디즈니랜드의 풍경을
종알종알 설명해주었다.

　　학생들이 다 착석한 것을 본 교수님은
평소보다 5분 일찍 강의를 시작하며 나를
앞에 불러 세웠다.

　　"앞으로 나를 보조해줄 학생이에요.
도움이 필요하면 이 친구한테 요청하고,
과제를 물어봐도 돼요."

　　색색의 눈동자들이 나를 보고 있었다.
이네스가 의외라는 듯 눈을 깜빡이며 나를
지켜보았다. 방에서는 그런 말 안 했잖아?

라는 듯 어깨를 으쓱이기도 했다. 진땀이
났지만 애써 표정을 풀었다. 자리로 돌아온
내게 이네스가 살짝 몸을 기울여 귓속말로
물었다.

"수석? 장학생?"

수석은 한국어, 장학생은 영어였다. 나는
고개를 저었다. 이네스는 또 한 번 어깨를
으쓱였다. 그럼 뭐냐는 뜻 같았다. 꼴찌라고
답하자 이네스는 다시 아주 작은 목소리로
꼴찌가 뭐냐고 물었다. 나는 두 손으로
수직, 수평을 표현하며 랭킹의 맨 아래임을
알려주었다. 이네스는 꼴찌라는 단어를 두어
번 중얼거렸다.

"그럼 이거 보충수업이야?"

이네스가 장난스럽게 물었다. 나는
그 애와 똑같은 자세로 어깨를 으쓱였다.
교수님이 떠들지 말라고 주의를 주어도

우리는 멈추지 않고 귓속말로 대화했다.

아침부터 덥다. 브라질이 더 더워, 한국이 더
더워? 브라질리아는 안 더워. 이런 시시콜콜한
얘기가 오가는 동안 얼굴 가까이에 말끝마다
바람 같은 숨이 일었다.

우리가 본격적으로 대화를 시작한
것은 영어 회화 시간이었다. 내 전공은
영어영문학이고, 복수 전공이 경영학이라고
밝히자 이네스도 자신의 전공을 말해주었다.

"나는 브라질에 있는 대학에서 동양
어문을 공부하고 있어. 세부 전공으로
한국어를 선택했고, 1년간 한국에
교환학생으로 왔어."

이네스가 겨울에 고향으로 돌아간다는
사실을 알게 되면서 나는 내가 왜 외국인들과
있을 때 자신감이 생기고 편안한지 깨달았다.
그들 앞에선 나에 대해 얼마든 거짓말할 수

있고, 모든 걸 솔직하게 말해도 되니까. 스쳐
지나갈 인연인 걸 알고 있으니까. 그런데
그것을 알아채는 순간 이네스가 조금 이상해
보이기도 했다. 어차피 오래 알고 지낼 사이도
아닌데 어째서 매번 솔직한 마음을 하나하나
다 말하려고 할까. 물론 그런 점이 좋다고
생각했지만……

　"크리스티나는 왜 안 왔어?"

　"몰라, 머리 아프대."

　"여기서 걔랑 제일 친해?"

　"응. 크리스티나랑 에마. 에마는 프랑스
사람이야."

　이네스는 이미 한 학기를 한국에서
보냈고, 그 전부터 한국어를 공부했으며,
좋아하는 케이팝 아이돌 그룹의 영상을 많이
봤다고 말했다.

　"크리스티나랑 스페인어로 대화해?"

"스페인어, 포르투갈어 둘 다.
한국어, 영어도 섞어서. 사실 스페인어랑
포르투갈어랑 많이 달라."

많은 사람이 두 언어가 매우 비슷하다고
알고 있지만, 단어가 비슷한 거지 쉽게 소통할
수 있는 건 아니라고 했다. 이네스는 좀 뜸을
들이더니 영어로 덧붙여 설명했다.

"글로 쓰여 있을 때는 이해되는데 말할
때는 어려워."

이네스는 버릇처럼 몸을 가까이하고
비밀을 말해주듯 속삭였다.

"근데, 대화가 돼. 최선을 다하면."

이네스는 외국어로 말할 땐 최선을
다해야 한다고 했고, 나는 이유를 묻듯 고개를
들었다.

"대충 말하면 오해하니까."

모국어로 말할 땐 최선을 다하지

않아도 되는지 묻자, 이네스는 왼쪽 눈만 살짝 찡그린 채로 웃으며 말했다. 이네스에 따르면, 모국어로 말할 때는 생각과 말이 함께 움직이고, 외국어로 말할 때는 '연착'이 생긴다. 번역하는 시간, 적절한 발음을 기억해내는 시간, 구어적 톤을 입히는 시간이 발생하기 때문이다. 모국어로 말하는 건 눈앞에 있는 것을 보는 것과 비슷하고, 외국어로 말하는 건 1.3초 전의 달을 보는 것과 비슷하다고 했다. 달빛이 지구에 도달하는 데 약 1.3초가 걸린다나? 우리가 보는 달은 항상 1.3초 전의 달인 것처럼, 아무리 빠르게 말해도 이미 생각은 바뀌어 있고, 사고가 의식을 넘나들며 다른 일을 처리하고 있는데 입으로는 지나간 생각을 뱉어내고 있다는 것이다.

"만약 생각이 달이라면 포르투갈어를 할

때 난 달에 있는 거고, 한국어나 영어를 할
때는 지구에서 달을 보는 거야."

이네스는 모국어로 말하고 싶은 복잡한
의견과 비유를 어떻게든 영어와 한국어로
말하려 했다. 꿋꿋하고 씩씩하게, 최선을
다하고 있었다. 나는 이네스의 그런 성실함이
좋았지만, 누군가 열심히 하는 모습을 보면
왠지 모르게 말리고 싶은 마음이 들었다.
아니, 그 열정을 빼앗고 기를 죽여놓고
싶었다. 이네스의 콧대를 누르고 싶은 마음은
없었는데도 나는 거의 습관적으로 반박했다.
이네스가 모를 것 같은 한자어들을 일부러
섞어 쓰면서.

"모국어로 말할 때도 생각과 말 사이에
연착이 발생하잖아. 생각은 언어 전에
존재하고, 언어라는 그릇에 담기는 과정에서
많은 부분이 깎여 나가."

그렇기에 생각과 언어는 동시에 움직이지
않고, 둘 사이에는 필연적 연착이 있고,
모국어로 말할 때도 생각이 이미 순식간에
사고 회로를 지나가버리기도 하며, 몇 단어만
혀 위에 덩그러니 남아 어쩔 수 없이 헛소리를
할 수 있다고 말했다. 마치 너무 억울해서
스스로 방어하는 사람처럼 열심히 말했다.

　　이네스는 내 설명을 끝까지 들어주더니
외국어를 할 때는 비교적 더 큰 연착이 생기는
거지! 하며 맞장구를 쳤다. 낙담한 눈빛과
달리 신난 듯한 말투였다. 그 애가 말했던,
기분 좋게 있다 가고 싶으니까 화를 내지 않는
외국인이 바로 이런 얼굴일 것 같았다.

　　"혀 위에 있는 생각과 입술 사이에 있는
생각의 차이야. 외국어를 말할 때는 생각이
아직 혀에 있어도 뱉어야 하고, 모국어를 할
때는 생각이 자동으로 입술까지 가. 내가

노력하지 않아도 말이야."

이네스는 나를 달래듯이 설명했다.
나는 이네스의 입을 보다가 수긍하듯
고개를 끄덕였다. 그러다 문득 이네스의
포르투갈어를 듣고 싶어져서 입술이
포르투갈어로 무엇인지 물었다.

"라비우."

"혀는?"

"링과."

"언어는?"

"언어도 링과야."

나는 라비우와 링과를 여러 번 따라
하며 중얼거렸다. 링구아라고 들리기도
하고, 링과라고 들리기도 하는 단어는
발음이 오묘하고 신선했다. 혀와 언어가
같은 단어라니. 그것들은 떼려야 뗄 수 없는
모양이지. 생각이, 말들이 알아서 혀까지는

도달하는 모양이지. 홀가분한 기분이
들다가도 외국어를 배우는 게 달에 가기 위해
무던히 도전하는 일처럼, 아니 혀를 하나 더
만들어내는 일처럼 느껴져서 쓸쓸했다.

　수업이 끝난 뒤 곧바로 헤어지지 않고
나와 이네스는 함께 학교 근처 식당가로
향했다. 음악, 영화, 아이돌, 음식 등 좋아하는
것들에 대해 얘기했는데, 겹치는 취향은 별로
없었지만 처음 들어보는 작품의 포스터와
어떻게 생긴지 알 수 없는 아이돌의 얼굴을
상상하며 열심히 경청했다.
　잠시 정적이 흐를 땐 거리로 눈을 돌렸다.
테이크아웃 커피 전문점, 통신사 대리점,
편의점, 영화관, 그 건물에 걸린 거대 자본

영화 포스터와 전광판에 상영되는 숏폼
콘텐츠 플랫폼의 옥외광고, 지하철역 출구
앞에서 전단지를 돌리는 사람들이 하나하나
눈에 들어왔다. 나와 이네스는 헬스장
전단지를 받고 지하상가로 내려가 다른
출구로 나갔다. 이네스에게 서울이 좋은지
묻자마자 이네스는 하품을 하며 건성으로
답했다.

"좋아, 깨끗하고, 빠르고, 안전해."

"피곤하지 않아?"

"너는 그래?"

나와 이네스는 맥도널드에 들어가
키오스크에서 아무거나 주문한 뒤 이야기를
이어갔다. 채광이 잘 드는 쪽에 서로 다른
출입증을 목에 건 직장인들이 띄엄띄엄 앉아
있었다. 우리는 그 근처에 자리를 잡았다.

이네스는 상파울루에서 태어났고, 아주

어릴 때 미국에서 몇 년 살았다고 했다.
미국에서의 기억은 거의 없지만 어릴 때부터
가정에 방문하는 영어 선생님이 있어서
영어는 꾸준히 배웠다는 말을 듣고 이네스의
부유한 배경을 짐작했다. 포르투갈 출신
어머니가 프랑스에서 10년 넘게 예술을
공부했다는 얘기는 이네스를 더 부잣집
딸처럼 보이게 했다. 나는 이네스의 말 한
마디 한 마디에 속으로 각주를 달면서 내가
이네스보다 힘든 환경에 있다고 입증이라도
하고 싶은 사람처럼 굴고 있었다.

"있잖아. 혜원이 쓰는 한국어랑 내가 쓰는
한국어가 조금 다른 걸 너도 알 수 있어?"

이네스는 맥플러리를 퍼먹으며 대수롭지
않게 말했다.

"네 악센트가 조금 다른 건 알았어."

"걔는 서울에서 자랐고, 나는, 대구 알아?

대구 근처에 있는 작은 군에서 자랐거든."

"내 포르투갈어도 엄마 포르투갈어랑
그렇게 달라."

나는 이네스를 통해 브라질의
포르투갈어와 포르투갈의 포르투갈어가 꽤
다르다는 걸 처음 알게 되었다.

"뭐가 다른데?"

"쓰는 단어나 발음이 달라."

포르투갈 사람들이 '데'라고 발음하는
것을 브라질 사람들은 '지'라고 발음한다든가,
기차나 버스를 칭하는 단어가 다르다든가,
말하는 속도도 다르고 강세의 길이도
다르다고 했다. 영국 영어와 북미 영어의 차이
같은 거라고 했다. 이네스는 눈가를 문지르며
나른하게 말했다.

"난 네 말이 잘 들려. 똑같은 음 사이에,
다르니까."

"나도 네가 유럽 애들과 얘기할 때 네 소리만 특히 잘 들려."

이네스가 흥미롭다는 듯이 눈썹을 들어 올렸다.

"너는 유럽 언어를 모르잖아?"

"이상하게 네 말이 튀던데."

"내 목소리가 큰 거겠지."

이네스는 혼자 웃더니 덧붙였다.

"아니면 네가 나한테 집중하고 있었거나."

순식간에 벌거벗은 기분이 되었고 나는 어떻게 답해야 할지 몰라서 버거를 가능한 크게 베어 물고 싶었다. 이네스는 싱글벙글 웃으며 주제를 바꾸었다.

"대구는 어떤 지역이야?"

"한국의 남쪽에 있고, 옛날엔 사과로 유명했고, 납작만두라는 게 있고, 여름에 대프리카라고 불릴 정도로 더워."

나는 온갖 제스처를 동원해 '대구가 분지 지형이라 찬바람이 산을 넘어 대구에 도착할 때 뜨거운 바람이 되어서 덥다'는 설명까지 했다. 이네스는 내가 이런 설명을 많이 해본 사람 같다고 말했다. 실제로 나는 종종 서울 사람들만 한가득인 무리에 낄 때마다 대구를 소개해야 했고, 엄밀히 따지자면 대구와 가까웠던 거지 대구 출신도 아닌데 분지 지형으로 인해 더운 것까지 설명하곤 했다. 경상도는 진짜 그래? 대구는 진짜 그래? 같은 걸 자꾸 묻는, 세상의 중심이 서울이라고 생각하는 서울 사람들을 위해 잡다한 얘기를 늘어놓고 있을 때면, 그들이 진짜로 궁금해서 물어보는 게 아니라는 것은 금방 알 수 있었다. 그들은 내게 관심을 주고, 나는 잠깐 동안 그들이 즐길 만한 콘텐츠가 되는 일종의 역할 놀이일 뿐인데 왜 그렇게까지 열심히 설명했을까.

　나는 그제야 이네스가 매일 새로운 사람을 만나 똑같은 자기소개를 반복하고 요청에 의해 지겹도록 고향의 여행지와 케이팝 얘기를 하고 포르투갈어와 스페인어, 브라질 포르투갈어와 포르투갈의 포르투갈어 차이를 거의 호소하듯 말해주고 있다는 걸 깨달았다. 귀찮다고 요약하거나 표현을 쉽게 바꾸지 않고 누구에게나 공평하게, 매번 아주 정성스럽게 말해주었을 것이다.

　식사를 마친 이네스는 태연하게 이제 어디 가? 하고 물었다.

　"도서관에 가야 해."

　이네스는 잠시 턱을 손에 괴더니 자기도 도서관에 가고 싶다고 했다. 우리는 천천히 걸으며 더위를 만끽하고 편의점에서 얼음 컵과 팩 음료를 사서 중앙도서관으로 향했다.

탈색 머리 근로장학생이 데스크에 앉아
있고 안쪽 사무실에선 처음 보는 사서가
복사기를 돌리고 있었다. 근로장학생은
무료한 표정으로 화면을 보며 머리를 긁었다.
평소 같았으면 얄밉다고 생각했을 텐데
이상하게 아무런 인상도 읽어낼 수 없었다.
인정하고 싶지 않지만 나는 이네스에게만
정신이 팔려 있었다.

이네스가 머리카락을 손가락에 돌돌
말며 문학 서가를 둘러보는 동안 나는 열람실
구석에 앉아 과제를 했는데, 지독하게 앉아
있었지만 별로 진척은 없었다. 책 앞날개의
작가 소개와 뒷날개의 출판사 광고만 읽고
덮는다든지 중간부터 거꾸로 읽어본다든지
문제를 풀다가 갑자기 집안일을 생각한다든지
지문에 언급된 단어 하나에 꽂혀 어원까지
찾아본다든지 하며 두어 시간 조용히

방황했다. 집중 못 하는 건 항상 있는 일인데 분명 평소와 달랐다. 나는 이상하게, 마치 방학 전날처럼 들떠 있었다.

이네스는 내가 뻘짓을 하는 동안 이따금 영문 도서를 골라 와 펼쳐보다가 다시 서가로 돌아가는, 짧은 산책을 이어갔다. 평화롭게 온갖 책등을 눈으로 훑고 책을 장난감처럼 들춰보는 모습이 여유로운 고양이 같았다.

심심하지 않은지, 뭘 하는지 눈길이 자꾸 갔다. 나는 문제를 풀지 못하고 결국 870번대 서가 앞에 서 있던 이네스에게 슬그머니 다가갔다. 이네스는 내가 온 것을 보고 활짝 웃었다. 책장 넘기는 소리밖에 나지 않는 곳에서 그 애는 또다시 속삭였다.

"879가 포르투갈어 소설인가?"

나는 서가 안내판으로 눈을 돌렸다. 870 스페인 문학, 그 아래 작은 글씨로 871 시, 872

희곡, ……879 포르투갈 문학.

"그런가 봐."

879라는 숫자가 붙은 책은 많지 않았다.
파울로 코엘료의 《베로니카, 죽기로
결심하다》, 주제 사라마구의 《눈먼 자들의
도시》, 페르난두 페소아의 《불안의 서》,
클라리시 리스펙토르의 《G. H.에 따른
수난》이 가지런히 꽂혀 있었다. 코엘료와
리스펙토르는 브라질 사람이고 사라마구와
페소아는 포르투갈 사람인데 그들은 모두
870번 스페인 문학 안에 마련된 879번
포르투갈 문학으로 묶여 있었다. 전문가들의
분류에 이의는 없지만 괜히 아쉬웠다.
뭉뚱그려지는 것들을 보면 언제나 그랬다.

"스페인 밑에 포르투갈을 묶어놨네."

"그게 편할 테니까. 다른 칸에 비해 책도
많지 않잖아."

"조금 슬프지 않아? 내가 너희 나라
도서관에 갔는데 중국 문학이나 일본 문학
아래 한국 문학이 있으면 슬플 것 같아."

"그런가? 하지만 너도 그랬잖아."

내가 서운함을 표하자 이네스는 조용하고
차분하게 설명했다.

"브라질은 덥냐고 묻는다거나, 대구를
대프리카라고 하거나. 브라질에는 다양한
기후가 있고, 아프리카에는 다양한 나라가
있거든. 그건 안 슬퍼?"

나는 그 어느 때보다 부끄러워졌고,
할 수만 있다면 당장 벌레처럼 작아져서
책과 책 사이로 숨고 싶었다. 나야말로
열심히 뭉뚱그려놓고 감히 슬프지 않냐고
투덜댔다니.

"아무튼, 난 이렇게 긴 글 못 읽어.
포르투갈어라도 안 읽어."

두꺼운 책을 손가락으로 가리킨 이네스가
장난스럽게 웃으며 말했고, 나는 어색하게
따라 웃었다.

이네스는 깐죽거리며 영어와
포르투갈어를 섞어 속삭였다. 그 애는 나를
두고 뒤돌아 반대편 서가로 향했다. 나는
천천히 걸어 그 뒤를 따라갔다. 이네스가 내게
책을 좋아하는지 물어서 잘 모르겠다고 아주
작은 목소리로 답했다.

"왜 몰라?"

창피하고 미안한데 사과할 시점까지 놓친
것 같아 마음이 복잡했다. 나는 이네스와 눈
마주치기를 회피하며 어설프게 답했다.

"몰라. 그런 고민 안 하게 돼. 항상
머릿속이 뿌옇고."

"뿌옇다가 뭔데?"

이네스는 고개를 꺾으며 부드러운

눈빛으로 나를 응시했다.

"하얗고, 안 보이고, 약간 안개 같은……."

"안개가 뭔데?"

안개는 영어로 포그라고 말했지만 내 발음이 이상한지 이네스가 잘 알아듣지 못해서 나는 스마트폰으로 포르투갈어 사전에 접속해 안개를 검색했다. 이네스는 네블리나라는 단어를 읽고 고개를 끄덕였다. 나는 곧바로 뿌옇다를 검색한 뒤 보여주었다. 이네스는 세르 브랑코라는 말을 읽더니 하얗다? 하고 갸웃거렸다.

"뿌옇다가 하얀 건 맞지만 네블리나처럼 불투명한 걸 말해."

나는 머릿속이나 기억이 뿌옇다고 하면 잘 떠오르지 않고 희미한 상태를 뜻한다고 덧붙였다.

"희미가 뭐야?"

"희미한 거? 어렴풋하고 약간……."

"어렴풋?"

"어렴풋은 뚜렷하지 않다, 뭐 이런 건데……."

설명이 마땅치 않아 결국 영어 사전을 검색해 적당한 단어들을 골라 다시 설명했다. 이네스는 희미하다와 어렴풋하다를 계속 중얼거리다가 웃으면서 멈춰 섰다.

"최선을 다하는구나?"

이네스는 내가 단어의 뜻을 설명할 때 아주 신중하고, 눈이 반짝인다고 했다. 그 순간 머릿속 어딘가에 쌓여 있던 안개가 한 움큼 사라졌고, 나 자신에게 실망하기, 무안해서 어쩔 줄 모르기를 그만둘 수 있었다. 그 애는 내 마음을 읽은 것처럼, 좀 더 강렬한 빛을 내 마음에 비추어주려는 것처럼 말했다.

"너는 언어를 좋아하는 것 같아. 많이."

무언가를 좋아한다는 게 꼭 칭찬은
아닌데도 나는 얼굴을 붉히며 고맙다고
말했다. 이네스는 마치 박스를 끄르듯 나를
해체해서 내 안에 있는 무언가를 꺼내놓게
만드는 재주가 있었다.

"언어는 좀 재밌는 것 같아."

"왜?"

"가, 나, 다, 아, 야, 어, 여 이런 소리들.
그냥 숨일 뿐인 소리가 모여서 말이 된다는 게
신기한 것 같아."

우리는 정답이 없는 얘기를 하면서, 서로
어눌하거나 횡설수설해도 귀 기울여주면서
함께 방으로 돌아갔다. 나는 내가 뱉은
말을 되새기면서 쪼개고 쪼개는 일을
게을리하지 않겠다고, 작은 부분을 자세히
들여다보겠다고 다짐했다.

❖

이네스를 만난 후로 삶이 어딘가 변하기
시작했지만, 당연하게도 일상이 바뀌는 것은
아니었다. 나는 주말이 되자마자 카페에
가서 또 화장실 청소를 하고, 돈 걱정을 하고,
과제를 하고, 시험 준비를 했다. 이네스도
평소처럼 스페인어나 포르투갈어를 쓰는
친구들과 여기저기 놀러 다녔다. SNS를 보니
이태원에 있는 바에 가고, 볼링장에 가서
볼링도 치고, 다른 학교 밴드 동아리 공연을
보러 가기도 하고 좋은 시간을 보내는 것
같았다. 나는 언젠가 나 역시 그 활동에 낄
거라고 마음대로 확신하며 그때 쓸 돈을
모은다는 생각으로 버티며 일했다.

월요일에는 계절학기 수업을 마친 뒤
조원들과 경복궁에 갔다. 혜원이 공지해준

내용을 따라 경복궁역 5번 출구에서
집합했는데, 평일이라 사람이 별로 없었지만
그와 별개로 한낮에, 한여름 땡볕에 궁을
돌아다니는 것은 고역이었다.

　이네스는 이번이 두 번째 방문이라고
했다. 전에 왔을 때는 한복을 입고 사진을
찍는 데 급급해서 잘 둘러보지 못했기 때문에
이번에는 제대로 살펴보고 싶다고 열의를
불태웠다.

　조원들은 왜 궁에 그늘이 없는지, 왜
지붕에 조각상들을 올린 것인지 물었고,
나는 그때마다 바로 검색하여 최대한 자세히
말해주었다. 문화재청에 따르면 궁궐에 불이
나지 않게 지켜주는 상상의 동물들이래. 저기
줄지어 있는 것들이 뭐냐면, 서유기 알아?
서쪽으로 향하는 여행 기록이라는 뜻인데
엄청 옛날 중국 소설이야. 저게 거기 나오는

캐릭터들이고. 내 설명을 듣자마자 이네스는
옛날 한국인들이 귀엽다고 말했다.

크리스티나는 세자와 세자빈의 거처인
자선당의 안내판을 열심히 읽더니 어떻게
건물을 통째로 일본으로 옮겨 간 거냐고
물었다. 이번엔 혜원이 열심히 설명했다.
이네스가 분해와 조립이라는 단어를 못
알아들어서 내가 한 번 더 쉽게 풀어
알려줬다. 조원들이 자선당의 정성스러운
수탈 과정에 경악하는 동안 이네스는
덤덤했다. 브라질도 식민지의 역사가 있어서
그런가, 별로 놀랍지 않은 모양이었다.

궁궐을 한 시간 가까이 돌아보다가 단체
사진을 몇 장 찍은 뒤 나무 그늘을 찾아
멈췄다. 혜원이 조원들에게 휴식을 권했다.
우리는 두세 명씩 뭉쳐 수다를 떨거나
스마트폰을 봤다.

양지에 비하면 훨씬 시원했다. 도시에
나무가 필요한 건 공기 때문이 아니라 그늘
때문이라는 걸 절감하며 나는 털썩 주저앉아
하늘을 올려다봤다. 나와 이네스에게 그늘을
하사한 커다란 나무가 풍성하게 산들거렸다.
이네스는 물통 뚜껑을 따 한 모금 마시고
손등으로 턱밑에 맺힌 땀을 닦으며 내 앞에
섰다.

바람이 점점 강해졌고, 그늘이 움직일
때마다 나무 흔들리는 소리가 점점 크게
들려왔다. 잎이 아니라 그늘이 소리를 내는
것 같았다. 나는 잠시 눈을 내리뜨고 라비우,
링과 같은 단어들을 입속에서 우물거렸다.

고개를 들자 눈을 찡그리며 처마를
올려다보는 관광객들이 보였다. 그들의
머리카락이 가볍게 흔들렸고, 이네스의
옷자락도 나부끼고 있었다.

"이네스, 바람은 포르투갈어로 뭐야?"

"벤투."

이네스는 내 옆에 쭈그려 앉으며 그게 갑자기 왜 궁금하냐고 물었다.

"어릴 때 달리기를 좋아했어. 지금도 되게 빨리 걷는 편이고. 왜 그런가 고민해봤는데, 나는 바람을 좋아해."

"바람이 왜 좋은데?"

"이상하게 들릴 수도 있는데, 내가 이 세상에 있다는 느낌이 들어서."

내가 존재한다는 자명한 사실을 몰랐다가 눈치챈 것이 아니라, 내 몸이 공기의 흐름을 가로막을 때 비로소 내가 세상의 일부를 차지하고 있다는 걸 느낄 수 있기 때문이라고 나는 아주 천천히 설명했다. 단어가 떠오르지 않아 말하는 도중 몇 번을 멈춰도, 문법이 죄다 틀려도, 너무 감성적인 얘기를 갑자기

주절거려도 이네스는 잠자코 듣다가 한국어는
신기하다고만 했다. 공기의 움직임도 바람,
무언가를 원하는 것도 바람, 애인을 두고 다른
사람을 사귀는 것도 바람이라면서.

"약속 시간에 안 나타나는 것도
바람맞았다고 하잖아."

"벤투는 다른 뜻 없어?"

"음, 허세라는 뜻이 있어."

그렇구나. 나는 벤투는 바람, 벤투는 허세
하고 웅얼거리며 고개를 끄덕였다. 우리는
계속 바람이니 공기니 시답잖은 것들에
대해 얘기했다. 주제가 이리저리 번져서
이네스의 전 남자 친구가 바람을 피운 이야기,
그 남자가 양다리를 걸쳐놓고 뻔뻔하게
사과도 하지 않았고 결국 이네스가 울었던
이야기까지 나누었다.

"사과도 안 했다고?"

"계속 모르는 척했어."

"재수 없다."

"재수가 뭐야?"

이네스는 어김없이 단어의 뜻을 물었고,
나는 재수가 무엇인지 알려주면서 한국에서는
수능을 두 번째 보는 것도 재수라고 한다고,
나도 재수를 했다고 얘기해주었다.

"재수는 어떻게 해?"

"그냥 신청하면 돼."

"학교를 또 다녀?"

"아니. 학교는 졸업하지. 보통은 학원에
다녀. 나는 혼자 공부하는 학원에 다녔어."

"주영 대단해!"

"별로 안 대단한데……."

지원한 대학에 전부 떨어져서 어쩔 수
없이 계속 공부한 거고, 사실 지방 소도시를
떠나고 싶었는데 가장 쉬운 방법이 서울

소재 대학에 진학하는 것이었다고 설명했다.
그것을 고등학교 1학년 때 깨달았다면
재수를 하지 않았을 텐데, 수능이 끝나고
뒤늦게 자각해서 결국 남들보다 늦게
입학한 것이라고 말했다. 이네스는 내 눈을
바라보면서 웃다가 목소리를 살짝 낮추고
말했다.

"나도 브라질과 가족을 떠나고 싶었는데
가장 쉬운 방법이 교환학생이었어."

이네스는 서울이 좋지만 이곳에 오래
머물 방법은 잘 모르겠다고 했다. 여기가
그렇게 좋아? 하고 물었더니 이네스는 점점
좋아진다고 말했다. 나는 반발하듯 싫은
부분은 없냐고, 외국인의 특권으로 한번
시원하게 서울을 깎아내려보라고 했다.
이네스는 다른 도시 사람의 특권으로 네가
먼저 해보라고 떠넘겼다. 나는 서울 사람들이

그냥 재수가 없다고 말했고, 이네스는
재수라는 말을 까먹지 않겠다며 부러
빈정댔다. 내가 배운 포르투갈어는 안개나
하얀색, 바람같이 서정적인데 이네스는 꼴찌,
재수 같은 한국어를 외워댔다. 조금 오기가
발동해서 포르투갈어로 욕을 알려달라고
했는데, 이네스는 깔깔 웃다가 진지하게
말했다.

　"절대 가르쳐주지 않을 거야."

　그런 엄격한 태도가 마음에 들었다.
이네스와 어울리고 싶은 만큼 어울리고,
능청스럽게 대화할 수 있게 되었다는 것에
만족감도 느꼈다. 이제 네가 떠나도 나는
아마 괜찮을 것 같다고, 더는 바랄 게 없다고
생각한 순간, 내가 또 품어서는 안 되는
경솔한 생각을 품기라도 한 것처럼 이네스는
벌을 내렸다.

경복궁 견학이 끝나고 학교로 돌아가는 길에 이네스는 역 근처 가판에서 바람개비 장난감을 구매해 내게 건넸다. 내가 바람을 좋아한다고 해서, 언제든지 눈으로 바람을 보라는 의미일 거라 생각했지만 이네스는 예상 밖의 말을 꺼냈다.

"이제 바람을 맞을 때마다 네 생각이 날 것 같아."

빙글빙글 돌아가는 무지개색 플라스틱이 무슨 장미꽃 한 송이처럼 보였다. 고맙다는 말도 선뜻 하지 못한 채 멀뚱히 보고만 있었다.

지하철을 기다리는 동안 나는 부쩍 울고 싶어졌다. 하지만 이네스 앞에서 또 울어버릴 수는 없어서 혀를 씹으며 참았다. 새빨개진 얼굴로 그저 스크린도어를 바라보았다. 반대편 선로의 열차가 거센

마찰을 내며 떠나갔는데, 그 굉음 같은 바퀴 소리가 사방에서 카메라 플래시를 터뜨리는 소리처럼 들렸다. 온 세상이 나를 쳐다보고 있는 것만 같았다. 나는 이네스가 브라질로 돌아가는 날을 상상했다. 알게 된 지 얼마 되지도 않았는데, 되게 친한 사이도 아닌데 그 상상만으로 처참하게 외로워졌다. 마음에 방이 여러 개가 있고, 이네스가 그 모든 방에서 한꺼번에 체크아웃을 하는 것 같은 기분이 들었다. 아직 떠나지 않은 이네스에게 내 외로움의 책임을 빠짐없이 묻고 싶어졌다. 상상만으로 버틸 수 없고 오히려 무너지는 것도 있다는 걸 깨달았고, 나는 텅 빈 선로를 바라보며 이네스가 떠나지 않기를 간절히 기도했다.

"1월에 돌아간다고 했나?"

나는 기숙사로 돌아가며 이네스에게

물었다. 여름은 낮이 길어서 해가 지려면 멀었는데도, 이네스가 떠나는 날을 생각하니 이미 세상이 석양 한가운데 떨어진 듯했다. 잘 때도 네 이름을 부르며 걸어 다닐 것 같다고, 그런 불안이 마음의 절반을 채우는 것 같았다.

"응. 이제 반년보다 적게 남았어."

"한국에서 브라질리아에 가려면 얼마나 걸려?"

이네스는 20시간 비행은 기본이라고 했다. 환승을 여러 번 한다면 더 걸릴 거라고.

"그렇구나."

더는 대화하지 않고 잠잠히 걸었다. 대신 뭉친 구름과 캠퍼스 건물들과 허공의 하루살이와 포장도로를, 가로수와 교정의 키가 낮은 식물들과 비슷비슷한 옷을 입은 사람들을 힐끗힐끗 보면서 앞으로 나아갔다. 나는 지난 학기와 낡은 하숙집과 박스들과 조원들의 얼굴을 하나하나 떠올렸다.

정신은 가만히 걸으면 서서히 윤곽이
드러나는 것 같았다. 종이 아래 동전을 두고
연필로 그 위에 계속 선을 그으면 동전의
모양이 본떠지는 것처럼, 뭔가가 보이지
않을 때 어딘가를 내리 걷고, 밟으면 그게
뭔지 알게 되는 순간이 온다. 쳇바퀴 같은
학교 밖과 안을, 도시를 하염없이 걸어 다닌
날들도, 정원에서 일부러 나뭇잎을 밟았던
날도, 이네스와 기숙사로 돌아가는 길조차
전부 마음의 모양을 알아내는 시간처럼
느껴졌다. 마음은 입술의 모양, 혀의 모양,
숨과 바람의 모양이 되었다가 제멋대로
커져서 터져 나가고 있었다.

엘리베이터에 들어선 우리는 쑥스럽게
웃으며 누가 먼저 샤워를 할지 정했고, 방에
들어간 후에는 돌아가며 손을 씻고 세수를

했다. 그다음 곧장 에어컨을 켜고 각자 침대에 누워 쉬기 시작했다. 이네스가 샤워실에 들어가 있는 동안 나는 베개에 등을 대고 누운 채 하염없이 바람개비를 손가락으로 휙휙 돌렸다. 나도 모르게 부술 듯이 거칠게 만지다가 거의 구겨버릴 뻔했다. 하도 만져서 날카로웠던 끝이 조금 뭉툭해진 것을 보자마자 나는 정신을 차리고 몸을 일으켰다. 어느새 물소리가 멈췄다. 이네스가 옷을 갈아입는 소리가 들렸다.

"언젠가 가보고 싶어."

머리카락을 수건으로 감싸 올린 이네스가 샤워실 문을 열고 나오자 수증기가 방 안으로 폭발하듯 퍼졌다. 이네스는 내가 한 말을 듣지 못했는지 뭐라고 했어? 하듯 나를 쳐다봤다.

"네 고향에 가보고 싶어."

"좋아. 놀러 와. 내가 그리울걸?"

이네스는 방 안에 우리 둘만 있는데도
내가 자기를 그리워할 것이라는 말은 아주
작게 말했다.

"꼭 널 만나러 갈게."

"그런데 한국인들은 브라질을
무서워하던데. 한국인들만 그런 건 아니지만."

"난 갈 건데?"

이네스는 스위트한 답이라면서 손뼉을
쳤다. 마치 내가 거짓말을 하는 것처럼 웃어서
나는 솔직한 답이었다고 또박또박 말했다.
지키지 못할 것 같았는데도, 시간이나 비용을
생각하면 전혀 확신이 없었는데도.

"언제 올 건데?"

"네가 돌아간 다음에. 포르투갈어 열심히
공부해야겠다."

나는 이네스의 몸에서 뚝뚝 떨어지는
물방울을 보다가 주머니에서 스마트폰을

꺼내 충동적으로 단어들을 검색했다. 봄은
프리마베라, 겨울은 잉베르누, 지혜는
사베도리아, 슬픔은 트리스테자, 사랑은
아모르. 이네스는 내가 단어를 읽으면 바로
그 단어를 활용해 문장을 만들어주었다. 봄은
따뜻하다, 겨울은 춥다, 지혜는 길이 남고
슬픔은 잠깐이다, 사랑은 입술과 언어로……
뭐 이런 문장들.

　　입속에서 부는 바람 같은 말들.

    사소한 일 하나가, 잠깐 만나고 헤어질 사람 한 명이 한 시절의 인상을 결정하기도 한다.

    미국에서 청소년 캠프에 참여한 적이 있다. 모기가 많은 숲속의 여름 캠프였다. 처음 1~2주 동안 한국인이 나밖에 없었고, 아이들은 나를 신기해했다. 착하고 상냥한 애들은 한국어로 '안녕하세요'와 '사랑해'가 뭔지 물어봐주었고, 평범한 애들은 중국에서 왔는지 베트남에서 왔는지 묻거나 북한에서

왔는지 남한에서 왔는지 묻거나 머리를
잡아당기거나 내가 알아들을 수 없게 빨리
말하거나 나만 보면 "안녕, 이름이 뭐야?"
같이 단순한 말도 아주 또렷하고 느리게
말하거나 내 이름을 멋대로 발음해 불렀다. 내
앞에서 김밥과 김치가 얼마나 혐오스러운지
일장 연설을 늘어놓기도 했다. 나는 그 평범한
애들에게 잘 보이고 싶어서, 관심받는 게
좋아서 한국과 한국 문화와 한국인에 대해
틈만 나면 떠들곤 했는데 그 때문에 오히려
친해질 수 없었다. 나는 그 애들에게 곧 떠날
사람이었고 그들도 내게 고작 몇 주 응대한
뒤 캠프가 종료되면 만날 일이 없는 비즈니스
상대와도 같았으니까.

　　나는 누구에게도 친밀감을 느끼지
못하고 아무런 인정도 받지 못했다. 그냥
바보같이 일과를 보내면서 멀뚱멀뚱 서 있고

소통할 수 없는 애들 앞에서 정신없이 웃고
되는대로 말하고 그랬다. 매일 수북이 쌓이는
피로와 깊이 파고드는 무기력이 심장을 뚫고
지나갔다. 공허하다는 건 가슴에 구멍이
났다는 뜻이고, 그건 상처가 났다는 뜻이고,
또 슬픔이 줄줄 샌다는 뜻이고, 하지만 구멍이
자꾸 시원하게 벌어졌다 오므라지길 반복해서
다른 따가움은 느껴지지 않는다는 뜻이다.

　어느 날 내겐 아주 큰 구멍이 생겼고
거기에 머리를 집어넣을 수도 있을 정도였다.
외로움이라는 헬멧. 나는 모든 정신을 그
구멍에 기대어두었다.

　감정과 감정을 연결하는 고리들이 죄다
마비된 것처럼 사람들의 표정을 잘 읽을 수
없고 주변의 소리가 잘 들리지 않고 사실
아무것도 할 수 없었다. 머릿속이 꽉 차고
마음은 텅 비어서 누가 말을 걸어도 대답하기

힘들었고 도저히 웃고 싶지 않았다. 나는 아이들이 전부 물에 들어가서 수영하는 동안 홀로 호숫가에 앉아 있었다. 땅을 파서 만든 인공 호수에 장난감같이 생긴 작은 갑판이 있었고 거기 내내 쭈그려 앉아 있었다. 나를 캠프에 보낸 가족을 원망하고 싶었지만 그럴 힘도 남아 있지 않았다. 그저 허공을 보며 앉아 있었다.

그날에 대한 기억이 허공을 보는 장면으로 끝났다면 그해 여름은 나쁜 기억으로조차 남지 않고 흔적 없이 사라졌을 것이다. 내가 캠프의 지루한 나날을 종종 떠올리게 된 건 한 선생님 덕분이다. 선생님 중 한 명이 내게 다가와 대뜸 브라질 포르투갈어로 말을 걸었고, 나는 고개를 꺾어 인사하다 말고 당황해서 버벅거렸다. 그 사람은 "여기서 영어 말고 다른 언어 쓰는

사람이 너뿐인 줄 알았어?" 하며 유쾌하게
웃었다.

　선생님은 브라질 포르투갈어로 여러 가지
이야기를 들려주고, 그것을 나를 위해 쉬운
영어로 또 한참 동안 번역해주었다. "너도
한국어로 먼저 얘기하고, 그다음 나를 위해
영어로 번역해줘" 하고 요구했다. 우리는 세
가지 언어를 섞어 말하며 번거롭게 대화했다.
뒤늦게 이해하고 뒤늦게 반응하고 뒤늦게
웃고. 캠프에서 나는 항상 뒤늦었지만
그때만큼은 그 뒤늦음이 너무나 공평해서
전혀 괴롭지 않았다.

　나는 선생님을 지금까지 오래도록
기억하고 있다. 나를 따뜻하게 보살펴준,
내가 잘 적응할 수 있도록 도와준 사람으로.
인종차별을 당해서 불행했던 일들보다 뭔가
나른하기도 하고 재미있기도 했던 대화의

순간이 머릿속에 더욱 꼿꼿하게 자리 잡았다.

선생님에 관한 작은 기억이 다른 모든 나쁜 기억을 은폐하진 않았으나 나는 가끔 입 모양으로 몇 개의 단어를(프리마베라라든가 벤투 같은 말들) 발음해보면서 그날의 해와 바람을 떠올리고, 수면의 반짝이는 빛을 떠올리면서, 내가 나로서 잘 존재했다고 믿게 되었다. 도저히 내가 될 수 없었던 내가 마침내, 딱 한 시간 정도는 내가 되었다고 생각했다.

정신이 빠개지는 날들 사이에 괜찮은 날 하나, 나는 그 하나의 이야기를 써보려고 한다.

별거 아닌 조각 기억 같은 이야기를 사람들에게, 사람과 사람 사이의 바람 같은 틈에 심어두고 싶다. 내가 믿는 이야기의 힘은 그곳에서 작동한다. 이야기는 누군가의

과거를 교묘하게 바꾸고, 누군가의 미래를
가볍게 산책하면서…… 이 시간 저 시간 왔다
갔다 하면서 여기저기 끼어들어 있다가 뚫린
가슴을 채워준다. 남의 기억에 개입해서
새로운 주석을 달고 프레임을 살짝 건드리는
일, 이미 끝난 과거의 사건에서 새로운 인상을
추출하는 일. 이야기는 그런 일을 해낸다.

《라비우와 링과》도 사람들 틈에서
작게나마 힘을 발휘하길 소망한다.
흘러가버린 공허한 하루를 꽤 괜찮았던,
어쩌면 특별했던 잠깐의 세계로 다시 해석할
수 있게끔 진동을 가하는 소설이 되었으면
좋겠다.

2024년 7월
김서해

김서해 작가 인터뷰

Q. 작가님은 앤솔러지《내게 남은 사랑을 드릴게요》에 수록된 단편소설 〈폴터가이스트〉를 시작으로 장편소설 《너는 내 목소리를 닮았어》에 이어 위픽 《라비우와 링과》를 출간하게 되셨습니다. 작가님의 작품을 잘 아는 분도 계시겠지만, 작가님에 대해 더 알고 싶은 분들도 계실 것 같아요. 어떻게 소설을 시작하게 되셨는지, 최근에 소설가로서 어떤 활동을 하고 계신지 자기소개를 겸해 말씀 부탁드립니다.

A. 글쓰기를 좋아해서 블로그에 혼자 오랫동안 이런저런 글을 썼습니다. 그러던 중에 투고 권유를 받게 되어 소설을 투고했어요. 그렇게 첫 단편소설인 〈폴터가이스트〉를 발표했고, 이어서 장편소설을 출간했습니다. 현재는 문예창작을

더 깊이 공부하고 싶어서 대학원에 다니고
있는데요, 다음 장편소설 원고 작업을 학업과
병행하다 보니 정신없이 지내고 있어요.

Q.《라비우와 링과》는 포르투갈어로 '입술'을 뜻하는 '라비우'와 '혀/언어'를 뜻하는 '링과'로 만들어진 제목인데요. 처음 봤을 때 의미를 바로 파악할 수 있는 단어는 아니지만요, 작품 속에서 주영이가 하듯, 소리 내어 '라비우', '링과' 하고 읽어보면 이 단어들을 발음하는 입술과 혀의 움직임이 묘하게 재밌다는 생각이 들기도 했습니다. 제목을 '라비우와 링과'로 결정하신 이유가 있을까요?

A. 사람 이름이라 오해하길 바랐어요. 뜻을 모르는 독자분들께는 이름처럼 읽힐 것 같았고, '라비우는 누구고 링과는 누구지?' 하는 의문을 가질 수 있을 거라 생각했습니다. 그런데 소설을 읽으면 사실 라비우도 링과도 그냥 단어일 뿐이란 걸 알게 되죠. 주영이

이네스의 말소리를 특별한 것처럼 생각하다가
그 태도가 어쩌면 무례할지도 모른다는 것을
알게 되었을 때 느낀 혼란스러움과 비슷한
이질감을 만들어낼 수 있는 제목이라고
생각했습니다.

Q. 작품 속에서 '주영'의 일상을 차지하는 마음에 대해 이야기해보고 싶습니다. 주영은 굉장히 다양한 아르바이트로 생계를 꾸려가는 대학생으로 "발자국마다" 떨어지는 "우울"(17쪽)로 하루하루를 채우면서 스스로를 "실망으로만 이루어진 사람"(15쪽)이라 칭하기도 하는데요. 경제적으로 여유롭지 않은 데에서 오는 피로와 더 나은 미래를 상상하기 어려운 생활의 빠듯함에서 비롯된 것일 수도 있겠다는 생각이 들면서도, 그것이 전부일까? 하는 의문도 듭니다. 생활의 궁핍이 항상 스스로를 향한 실망으로 이어진다고 말할 수 없으니까요. 주영에게 지속되는 이 마음의 상태는 어디에서 비롯된 것인가요?

A. 사람의 우울과 실망은 여러 레이어가 쌓여 어느 정도 두께가 생겼을 때 턱턱

숨을 조여옵니다. 그런데 그 얇은 레이어와
레이어는 서로 아주 끈끈하게 결합해서
나중에는 무엇 때문에 이런 감정이 시작되고
지속되는지 알아보기 어려워지는 것 같아요.
돈이 없어서, 여유가 없어서 생긴 피로와
우울이 주영의 마음속에 여러 겹 쌓여 있고,
그 사이사이에는 자기혐오, 무기력, 인정 욕구,
무언가가 되고 싶지만 그게 뭔지 알지 못하는
20대 초반의 불안과 제발 한 번쯤 특별한
일이 일어났으면 하는 바람이 발려 있겠죠?
크레이프케이크의 크림처럼요.

Q. '주영'은 먼저 나서서 새로운 일을
만드는 사람으로 보이지는 않고, 작품
내에서도 사건은 주로 다른 사람들이 먼저
주영에게 다가서면서 발생하는 것 같습니다.
브라질에서 온 '이네스'가 룸메이트가 되면서
먼저 인사를 건네는 장면도 그렇고요,
주영이 참여하게 된 국제 교류 프로그램도
교수의 제안으로 시작되는데요. 이 과정에서
주영의 세계가 여러 사람이 모인 공동체로
확장되기보다는 주영과 다른 사람이 일대일의
관계를 맺는 것으로 흘러가는 것 같습니다.
국제 교류 프로그램에도 이네스 외에 다른
학생들이 있지만 실제로 주영과 길게
이야기를 나누는 상대는 여전히 이네스로
한정되어 있는데요, 이렇게 설정하게 된
이유가 있을까요?

A. 저는 주영에게 특별한 일을 만들어주고 싶었어요. 주영뿐만 아니라 제 소설의 주인공들은 보통 남을 잘 비꼬고 부정적인데, 그게 삶이 너무 지루하다고 느끼기 때문이거든요. 세상이, 자신의 인생이 바뀌지 않는다는 두려움과 무력함을 쉽게 어딘가로 치워둘 수 없는 캐릭터에게 꼭 필요한 건 어떤 작은 계기라고 생각해요. 주영에게 그 계기는 이네스인 거죠. 동기들이나 교수님 등 다른 사람들도 중요하지만, 그들을 싫어하고 어려워하는 주영이 수업 몇 번 듣는다고 모두와 어우러지거나 모두와 갈등하기 어렵다고 생각했던 것 같아요. 대신 이 소설은 접촉, 계기의 짧은 순간을 담고 있다고 생각합니다.

Q. 주영이 수업을 마치고 나오는 길에
엘리베이터에 올라타서는 청소 노동자와 함께
성경 구절을 읽는 장면이 기억에 남습니다.
주영은 자신에게 일어나는 대다수의 일들을
섬세하게 하나하나 살펴본 뒤 맘속으로
코멘트를 다는 일이 잦은 사람이라고
보여지는데요. 그 때문에 주영이 말을 많이
하지 않더라도 이 소설을 읽는 독자는 주영의
마음을 살펴보는 데 큰 어려움이 없을 것
같고요. 다만 이 장면에서는 구절을 읽고
자연스레 알맞은 곳에서 하차할 뿐, 별도로
주영이 이 상황을 어떻게 받아들였는지
기술되어 있지 않은데요. 이 장면을 넣으신
데에 어떤 이유가 있었는지 궁금합니다.

A. 음, 이 장면은 거의 저절로 쓰인
부분이라 이유를 설명하기 어려운 것 같아요.

청소 노동자가 학교에 있고, 그 사람과 엘리베이터를 타는 것은 자주 있는, 아주 자연스러운 일이라고 생각해서 주영의 마음을 별달리 기술해야겠다고 생각하지 못했어요. 다만 주영이 청소 노동자를 자신과 분리해서 보지 않으리라는 무의식이 작용한 것 같습니다. 학교 다닐 때 청소 노동자가 학교의 구성원이라는 사실을 잘 못 받아들이는 사람들을 가끔 봤어요. 그런 사람들은 엘리베이터를 함께 타는 청소 노동자를 의식적으로 목격하겠지만, 주영은 주말에 스스로 청소 노동자가 되는 학생이니 그 사람과 같은 방향을 바라보고, 같은 글자를 읽을 수 있고, 그 사람이 먼저 내린다는 동작 말고는 묘사할 게 없는 것 아닐까요?

Q. 이네스에게 주영이 마음을 서서히 열게 되는 데에는 이네스가 보여주는 "사소한 환대"(46쪽)와 끈질기게 주영과 소통하려는 정성, 자신을 드러내는 데 거침없는 솔직함 등이 함께 작용했기 때문일 텐데요. 이네스는 때가 되면 고국으로 돌아갈 사람이라는 걸 알면서도, 이네스에게 마음을 기대고, 그와 헤어질 날을 떠올리며 벌써 이네스를 그리워하게 되는 주영의 모습이 작품 마지막에 이르러 아주 섬세하게 기술되어 있습니다. 짧은 기간의 인연이 한 사람 안에 깊은 인상을 남기는 일이 현실에서 종종 발생하기도 하지만, 그 시간과 감정이 전 생애에 비하면 워낙 짧은 순간이라 자주 잊고 지내게 되는 것 같아요. 그 때문에 소설을 읽다 보면 우리에게도 그런 순간이 있었다는 것을 다시 감각하게 되고, 각자의 방식대로

다시 이해하는 과정의 재미 혹은 감동이
있기에, 여전히 소설을 찾는 사람이 있다는
생각을 하게 됩니다. 작가님에게는 소설이
어떤 의미인지, 앞으로 어떤 소설들을 쓰고
싶으신지 여쭙고 싶습니다.

A. 저는 대학 시절 칭찬을 들어도
폭력으로 느낄 정도로 마음이 아주 연약한
상태였고 그에 따라 회피 성향이 심했어요.
주영과 비슷하지만 더 심각했죠. 수업이
어려우면 출석하지 않고, 교수님 쪽지에
답장하지 않고, 잘못을 해도 사과하지 않고,
마음에 안 들면 절교하고…… 그런데 어느 날
친언니가 이북 리더기를 물려줬어요. 자긴
새 기종을 샀다면서요. 저는 아무 데서나
소설을 읽게 되었고 약간 달라졌어요. 어떤
소설은 너무 재밌고 자극적이고, 어떤 소설은

너무 이상하고 이해가 안 가는데 끝까지 읽게
되고, 어떤 소설은 한 번도 겪어본 적 없는
일이 나오는데 왠지 너무 잘 알겠고, 그렇게
각 소설이 왜 좋은지 세세히 얘기하다 보니
머리가 맑아지더라고요. 어릴 때부터 문학을
좋아하긴 했지만 주영이 그랬던 것처럼,
소소한 계기가 필요했던 것 같아요. 저는
언니의 리더기를 켜서 언니가 사둔 소설들
중 하나를 골라 읽고 나면 숙면을 취하고 깬
듯 아주 개운하고 세상이 선명하게 보이는
낯선 느낌을 받았어요. 나한테는 이야기가
필요하구나. 그걸 깨닫자마자 더 많은 책을
읽고, 또 냅다 글을 썼던 것 같아요. 저는 저를
건드려주고 매만져준 사소한 계기를 계속
생각해요. 무엇이든 계기가 될 수 있겠죠?
앞으로도 계기의 가능성을 탐구하는 이야기를
쓸 것 같습니다.

한 조각의 문학, 위픽 (wefic)

이서수 《첫사랑이 언니에게 남긴 것》
이경희 《매듭 정리》
송경아 《무지개나래 반려동물 납골당》
현호정 《삼색도》
김 현 《고유한 형태》
이민진 《무칭》
김이환 《더 나은 인간》
안 담 《소녀는 따로 자란다》
조현아 《밥줄광대놀음》
김효인 《새로고침》
전혜진 《고르디우스의 매듭을 자르면》
김청귤 《제습기 다이어트》
최의택 《논터널링》
김유담 《스페이스 M》
전삼혜 《나름에게 가는 길》
최진영 《오로라》
이혁진 《단단하고 녹슬지 않는》
강화길 《영희와 제임스》
이문영 《루카스》
현찬양 《인현왕후의 회빙환을 위하여》
차현지 《다다른 날들》
김성중 《두더지 인간》
김서해 《라비우와 링과》
임선우 《0000》
듀 나 《바리》
한유리 《불멸의 인절미》

위픽은 위즈덤하우스의 단편소설 시리즈입니다.
'단 한 편의 이야기'를 깊게 호흡하는
특별한 경험을 선사합니다.

이 작은 조각이 당신의 세계를 넓혀줄
새로운 한 조각이 되기를.
작은 조각 하나하나가 모여
당신의 이야기가 되기를.

당신의 가슴에 깊이 새겨질
한 조각의 문학, 위픽

위픽 뉴스레터 구독하기
인스타그램 @wefic_book

- 56

라비우와 링과

초판 1쇄 발행 2024년 8월 14일
초판 4쇄 발행 2024년 9월 30일

지은이 김서해
펴낸이 최순영

출판2 본부장 박태근
스토리 독자 팀장 김소연
편집 곽선희 김해지 이은정
디자인 이세호

펴낸곳 ㈜위즈덤하우스   **출판등록** 2000년 5월 23일 제13-1071호
주소 서울특별시 마포구 양화로 19 합정오피스빌딩 17층
전화 02) 2179-5600   **홈페이지** www.wisdomhouse.co.kr

ⓒ 김서해, 2024

ISBN 979-11-7171-706-4 04810
        979-11-6812-700-5 (세트)

값 13,000원